U0042605

25發狩獵式寫作技巧

只要三行文字就能擊中人心

子彈寫作

三行で撃つ

近藤康太郎——著

李佳霖——譯

〈善く、生きる〉ための文章塾

為了寫出一行詩，
一個人必須觀察很多城市，很多人和物；
他必須了解各種走獸，
了解鳥的飛翔，
了解小花朵在清晨開放時所呈現的姿態。

——《馬爾泰手記》里爾克

前言

寫給想要精進寫作技巧的讀者

我下定決心要寫一本有關寫作技巧的實用書。

人活著在世，就免不了要書寫。可能是公司內部的提案或公諸於世的文宣；若是學生身分的話，除了論文、報告以外，可能還會寫部落格、發推文、更新ＩＧ，更有甚者會經常有機會撰寫電子郵件、透過LINE聯繫，或是撰寫季節的問候信和文章。而這本書的目標便是幫助你獲取**「那個人的文筆不錯」**、**「她／他很會寫呢」**這樣的讚美。我在本書中將發射二十發能立即見效、所有人都能實踐，既實惠且藥到病除的子彈。「未發彈」一顆也沒有，我在這本書中會將所知的一切都傾囊相授。至於多出來的那五發子彈，嗯，就算是半買半相送吧。

我這輩子先是當過記者，日後以評論家、作家的身分工作，是靠著寫作活過來的，資歷達三十年以上。這一路上我的文章發表於眾多媒體，包括書籍、報章雜誌、網路，還有CD解說和電影簡介。「大量生產」，這句話用以形容我的寫作經歷或許正好。

若是將電子郵件也算在內的話，我可說是從早到晚大量寫作，也承蒙讀者們的支持，至今依舊持續有工作上門，讓我即便隱居山間也還活得下去。

七年前我一時衝動，拋下了故鄉東京，移居至九州窮鄉僻壤的山間，靠著種菜跟打獵延續作家生活。我在移居九州前，也做好了來自東京的工作量會銳減的心理準備，但沒想到工作量沒有減少，反倒還與年俱增。

我在這荒山遍野之地展開了類似私塾的教學，而專職的報社記者和攝影師以及年輕的自由作家們則提供了集會場地，真要說起來其實是聚餐的延伸，這便是我傳授文章寫作技巧的空間。

說起對懷有作家夢的人傳授寫作技巧這件事，其實可以追溯到二十多年前。要說我一手培育出將近十人的自由作家，或許過於妄自菲薄，但要說是我從旁協助他們邁向獨立門戶之路也不為過。這些人當中也不乏暢銷作家，其中還有三個學生最初是徹頭徹尾的門外漢，但他們也都成為了自由作家。

所以當這本書的編輯 Lily 向我提案，希望我能撰寫一本「簡單說明文章寫作技巧」的書時，我也就不知天高地厚地允諾了。當然我是寫不出像谷崎潤一郎的《文章讀本》這樣的大作，但如果像是獲得報章雜誌或是網路編輯的認可，並建立起「這個作家還挺會寫的」印象的文章技巧，我倒是有辦法教的。我的實力有目共睹。而這樣的技術，不管是用於提交公司內部的企劃書還是發送至公司外部的文章，都是綽綽有餘的。學生們的報告自然也是不在話下。

打動人心的25發

之所以稱為25發，是因為我拿散彈槍的子彈來作為比喻之故。

我本身也是一位持槍狩獵的獵人，平時追趕山豬、野鹿、野鴨，奔走於山間、河邊或是園墾地，經常搞得滿臉是傷。

而在獵人們間有個說法是，**新手獵人若是想射中一隻野鴨，得擊出25發子彈**。散彈槍的子彈是裝在25發入的彈匣中，若以單手持槍，那重量可是會重到差點要握不住。

而新手獵人則是要在射盡彈匣中的子彈後，才有可能勉為其難捕到一隻獵物。持槍射擊不是一件易事。

寫作的難度也相當於此，不對，應該說是有過之而無不及。鎖定獵物（讀者）的所在，運用五感觀察，悄然無聲地接近，掌握住節奏與速度後發射，讓子彈飛出，最後導向結論，讓獵物獲得解脫……

我的老毛病又犯了，我所傳授的寫作技巧總是使用了大量跟狩獵有關的比喻。像是什麼子彈呀獵物啦，我老是用這些讓人提心吊膽的字眼來說明。

不過這是因為**寫作跟狩獵其實非常相似之故**。

如同我在前文中所提到的，不管是狩獵或寫作，難度都相當高，均為運用五感的體力勞動。

而絕大多數到手的獵物都是失去意識的上等貨。為了成全我們的生活而奉獻自身生命、帶著亮麗羽毛、閃耀著光輝的野鴨還有野鹿。將獵物抱起來時那股虔敬的感覺跟近乎畏懼的感受是無可比喻的。

同樣地，當讀者在閱讀自己所撰寫的文章後落淚或是發笑，我的內心也會湧現一股正襟危坐、想要深深頷首的謝意。即便讀者只不過是說了「我讀過你的文章喔」，光是這樣的回應都會讓我肅然起敬。彷彿自己不再是自己，單憑自身的力量便可接納自己、認同自己。

這是因為**無論是狩獵還是寫作，都直指「生存」的緣故**，都是攸關「生命」的活動。寫作即思考，寫作即生活。

寫作者即為生存之人。

本書的閱讀方法

從第1發到第20發為止的正文將區分為「HOP」和「STEP」，分別意味著**基礎篇**和**應用篇**。

而第21至25發則是「JUMP」，換句話說是進階篇，是寫給專職寫作者的內容。

這25發的內容各自獨立，從任何一篇開始讀都沒問題。但對於最後一次寫作可追溯到在校時期的作文的讀者來說，先從「HOP」開始讀也「不失為一個方法」。

而就作者的立場而言，還是會建議讀者們從頭開始依序閱讀。如同之後文中所將提到的，這是因為我希望讀者們能實際感受到寫作時相當重要的律動感。

我在前面雖然提到這是一本傳授文章寫作技巧的實用書，而這話由我本人的口中說出來似乎不是很妥當，嘴上說是實用書，但到了半路將開始有點走樣，會出現既不實用、未能達立竿見影之效，同時也不切實際，像是夢囈一般的內容。

而這是拜律動感誕生所賜。

浪起風吹，寫作者便乘於那道浪以及那陣風上；創作的女神現身，對寫作者施加咒語（mojo）。

也就是達到了忘我的境界。

這本書並非由我所寫，而是文字透過我所成形。

就結果來看，這回最終所寫就出的，似乎也是這樣的一本書。

目次

第一章 文章的基礎

第二章 知曉禁忌

第三章 寫作者的準則

第四章 有助於寫作的四項工具

第五章 誘發閱讀興致的三感

第六章 自我管理的技巧

第七章
生於世上就試著全心全意生活

第一章

文章的基礎

第 1 發

用三行文字打動人心

——起頭文寫壞了，將不再有下一次機會。

HOP

文豪知道怎麼樣抓住讀者的心

若是一發子彈失手，就遑論能捕捉到獵物。

追捕野鹿、山豬或是野鴨的獵人，對這一點可說是心知肚明。自動式獵槍雖然能連續擊出三發子彈，但第一發若是未能命中目標，基本上就捕不到任何東西，因為獵物已經向山中或是空中逃之夭夭了。

寫作跟這也很像，**通篇起頭的第一句話，最長頂多三句吧，若是未能抓住讀者的**

心，就會流失掉三心二意的讀者，他們將不會再繼續往下讀。

我是貓，一隻還沒有名字的貓。（夏目漱石）

穿越位於國境的漫長隧道便是雪國。（川端康成）

木曾路自始至終都坐落於山間。（島崎藤村）

文豪們也都為文章的開頭吃足了苦頭，但正因為如此，才造就出這些列舉於此、名留青史的起頭文。

不過小說通篇的起頭文其實根本還不夠看，那是因為「選擇閱讀小說」的人是打從一開始就「想要讀小說」。可能是因為喜歡這位作者，或是在報紙或是電視上看到書介特地買下這本書後展頁閱讀。

但我們筆下的創作卻是無法與之相提並論的。我們筆下的文字是一般人到投幣式洗衣店用來殺時間，或是在髮廊和醫院的診間，又或者是在銀行等待櫃台叫號時，不經意拿到手中的雜誌或是報紙上的可憐文章。這種文章通篇的第一句話若是無法發揮吸引力，「獵物」便會逃之夭夭。

寫作者指的是誰

首先讓我先釐清這本書中所謂的「我們」是誰。無庸置疑當然是讀者們與我；專職的寫作者以及想成為寫作者的人。

那麼本書中所定義的寫作者指的又是哪些人呢？**自由記者、專欄作家、隨筆作家、任職於報社與雜誌社的記者、文案作家、企業的公關**，還有即便金額再微薄，只要是能透過寫作來獲取收入，那麼**部落客以及IG的人氣用戶**均在此列。

不過本書所預設的讀者也包括了「無意成為專職寫作者，但希望文筆能像專職寫作者一樣好」的族群，學生也包含在內。我在書中將統稱這些人為「我們」或是「寫作者」。我之所以會這麼定義，是因為寫作者的工作，又或者是寫作這件事，說穿了不外乎就是「生存」。好好好，我這就來仔細說個明白。

插個題外話，英文的「writer」在日文中意味著「作家」，包含這本書在內，我在其他文章中用到「寫作者」（writer）這個詞時，簡而言之便是以這樣的意涵在使用。作家，這個詞雖然給人一種高高在上、難以親近的印象，但目標當然還是盡量遠大些要來得好。

山間的寫作私塾

我出生並成長於東京的澀谷，工作地點也始終是在東京，過去只有三年曾待在紐約。二〇一四年我在衝動之下移居至位於日本西端、在當地人生地不熟、連一個朋友都沒有的長崎縣諫早市。我在當地投入農耕，並於二〇一七年搬到大分縣日田市的山間，成為了獵人。我將這段往事記述於《美味的資本主義》和《身穿夏威夷衫展開獵人生活》（均由河出書房新社出版）這兩本書中，有興趣的讀者可以去書店翻來看。而就在我搬到日田沒多久後，一項奇妙的事態就此展開。

住在日田的幾個年輕人、報社記者以及電視台的攝影師開始頻繁進出我家。我這人天性善良，即便是流浪貓，只要經過我家院子的話，我都會餵食牠們，所以當然也不可能不留情面地把他們趕走。畢竟我的年歲也比較長，所以也會請他們吃飯喝酒。

但這幾個人總賴著不走，在我端出甜點跟咖啡後，他們還是不打道回府。最誇張的時候，這樣的聚餐可以從下午六點開始持續到隔天早上的六點。但我也無意趕他們回去，那是因為我們所談論的始終是「工作的話題」。文章的話題、影像的話題。換言之，我們談論的是「創作的話題」。

最初據說我的口頭禪是「我們是專職的寫作者、創作者」、「我們是靠文章在混飯吃的」。聚會中有不少大學剛畢業、二十來歲的年輕人，當時他們似乎沒怎麼意識到自己是「專職的寫作者」、「創作者」，公司的主管跟前輩也不曾向他們提過這樣的話題。

創作者並不僅限於畫家、小說家或是音樂人。不管是工匠、公務員還是上班族，工作賣的是商品、技術或服務。工作說穿了就是創作。勞動的本質便在於此。

正在閱讀這本書的你，無論身處哪一行，肯定是經常想著「要展現出自我」的人，而且還是透過文字。

傑出司法記者所撰寫的起頭文

聚集在我家的這群年輕人，每天在我家針對寫作的話題高談闊論、交換閱讀彼此的稿件，發展為互相切磋琢磨、學習的關係。那時也不曉得是誰先起的頭，把我家稱作是「近藤私塾」，並且還自稱是「私塾學生」。

之後私塾的規模逐漸擴大，有時還會有外縣市耳聞風聲的年輕記者加入。而我單憑自己一個人講課也不好意思，所以有時會邀請信賴的朋友當客座老師來講課。其中一位老師是Y，他過去是在報紙發行於全國的報社中負責跑社會線的傑出司法記者。他不僅是一名優秀的社會新聞記者，還曾出版過與司法制度相關的著作，是極具學者風範、如假包換的專家。

對於司法記者來說，為就任最高法院的審判長撰寫人物介紹是一件了不得的大工作。雖說是為讀者側寫人物肖像的輕鬆內容，但畢竟是嚴肅的政府機關，所以也不可能將內容寫得太平易近人。我請Y準備了作為教材使用的資料，其內容是歷代跑司法線的記者，在審判長就任的報導中所撰寫的起頭文。這些文章都是出自報社記者中被視為「菁英」的一群人之手，我將其列舉於此：

① 新任審判長過去在司法行政中樞的人事部門等處擔任要職，長年來被視作「最高法院審判長的不二人選」。

② 新任審判長過去任職法官四十年。

③ 新任審判長在未曾任職庭長的情況下便就任審判長，相同的前例可上溯至四十八年前。

④ 圍棋棋友們異口同聲評論，新任審判長在對弈時絲毫不留情面，與其溫厚的性格落

差極大。

⑤眼前的新任審判長看似睡了過去。

⑥新任審判長是在八個月前就任庭長。

⑦六十八歲又八天。最高法院歷任第三高齡的審判長誕生。

⑧新任審判長在睽違一年又九個月後，重返過去以祕書長身分指揮司法行政工作的最高法院。

在這幾個句子當中，有哪幾句是出自於Y的筆下，分別是第幾句呢？讀者們也不妨猜猜看。

當時現場有現任的報社記者和攝影師，共十來多個人，正確回答出來的只有一個人。**正確答案為⑤號這一句而已**。

雖然當時所有人都猜中⑤號這一點也很厲害，但是很多人都以為正確答案有兩個（④跟⑤）。

第④句雖然也不差，但是「圍棋棋友們異口同聲評論」這個句子以體言作結這一點讓人有些耿耿於懷[1]。當然我意思不是說要全面排除以體言作結的句子，但是文章開頭第一句話便以體言作結這一點，除非是有相當的自信或是帶有目的性地使用，否則是一項應該避免使用的手法。帶有目的性地要營造出節奏感、又或是要讓句子脫穎而出——寫作者本人必須要能親自說明，像是這一類刻意使用體言來為句子作結所帶來的效果。關於這一點我在第4發中會有比較詳細的說明，**開頭第一句話便以體言作結，是「矯揉造作的表現」的典型寫照**。此外，行文也會顯得冗長、缺乏速度感（第16發）。而關於在第①、②、⑧句中提及的資訊，是放在文中即可、無須刻意用在起頭句上的「平庸起頭文」。至於③、⑥、⑦句，如果當中所提及的數字在整體文章中能發揮關鍵作用，那麼也算尚可接受。不過依舊不得不說這幾句文章還是太過平淡，是欠缺取悅讀者精神的一發子彈。

讓嘈雜的世界靜默下來

用三行文章打動人心。

搭電車時，請觀察一下自身周圍，所有人都直盯著智慧型手機的螢幕不放，可能是在瀏覽社群網站，也可能是在玩遊戲。讀書的人一個都沒有。

1 在日文當中，「體言」指的是字尾不會因為時態產生變化的詞，像是名詞、代名詞、數詞均屬體言。而這句話的原文為：「温厚な性格からは想像できない厳しい碁を打つ、とは碁敵たちの一致した評。」句末是以「評」（評論）這個體言作結。

閱讀書籍。閱讀文章。這項行為最大的特徵就是「靜心」，可以讓人沉穩下來、靜下心來，駐足思索。

但是大部分的人並不想靜下心來，也不想思索。就結論反推回去來說的話，靜心是一件麻煩事。靜下心來會讓人感受到人生的空虛。

而重要的是，我們所書寫的對象終究是這群人。內心總是蕩漾著漣漪、靜不下來，也不想深思的一群人。我們是針對這樣的群眾在寫作，身為寫作者千萬不可忘記這一點。寫作者非謙虛不可，**我們所寫作的對象並不是熱愛閱讀的菁英分子**。

既然如此，就必須在三行內打動人心，讓讀者驚豔、大吃一驚。這無關乎好與壞，寫作者筆下的起頭文，勢必非如此不可。

必須在一開始就將槍給掏出來。

STEP

讀者並不在乎你是誰

「這世上有太多莫名其妙的人，充斥著眾多讓人難以承受的事件。」

「我就從實招來了，跟你見面以前，我可是怕得不得了。」

「安室〜雲雀＝平成」

這幾句文章是我所撰寫的報導中的起頭文。以報紙的報導來說，算是與眾不同的起頭文。第一句是審判報導的起頭文；第二句則是我與全美最大的機車幫會「地獄天使」的幫主見面的報導內容；第三句則是以音樂為切入點，回顧平成時代的專欄文章。

我的意圖不在於炫耀，傳達這是你們應該追求的境界。這樣的文章略微取巧，對於平常有閱讀習慣的人來說，大概是無法引起他們興致的起頭文。若非新聞報導這樣的媒介，而是可以發表篇幅較長文章的媒體的話，我也會選擇不要以如此突兀的方式撰寫起頭文。

我說這話不是在自誇，我筆下的**起頭文在在讓人驚豔**。

這本書的對象讀者是業餘的寫作者、目標成為專職寫作者的人以及專職寫作者，我想這些人都是想要提升文章精準度的人。基於這樣的前提可以這麼論斷：

讀者不在乎你是誰。

對於讀者來說，你撰寫什麼樣的主題都無所謂。

這是毫不留情面的現實。然而若是無法接受這樣的現實，就無法往前進。讀者不在乎我是誰，他們對於我所撰寫的內容（不管是審判或美國還是音樂）也絲毫不感興趣。

真要說起來還不僅止於此。不管是和平還是民主主義，虐待小孩或是貧窮問題、貧富差距、地球暖化問題，讀者們對這一切都絲毫不感興趣。我希望你們可以在這樣的認知下來撰寫起頭文。你們所要撰寫的起頭文，是刊載於對於判決、美國社會、音樂毫無興趣的讀者，是他們在準備喝咖啡之餘不小心瞄到、最初根本無意閱讀的報章雜誌或是書籍上的。

讓讀者看過來——非文豪的我們筆下的起頭文

若以棒球的配球來比喻，就是在第一球投出近乎是彈珠台的彈珠一般、直擊對方胸口的直球。**因為這顆球是奉送的，打成壞球也無妨**。也就是說刻意去增加壞球數。

打者（讀者）勢必會大為吃驚，當中有些人可能會心生不悅、惡狠狠地回瞪；但也有些經驗老到的打者則是相當習慣這樣的配球，他們會在冷靜地退出打擊區後，預測下一球的走向。然而最關鍵的是，我有懷抱著滿腔熱血想要傳達的內容，肯定是會被理解的。努力讓讀者的視線聚焦，試圖誘發他們的閱讀興致。**既非文壇大師、名聲也不響亮的我們筆下所撰寫的起頭文，便該是這種帶有哀傷的呼喚才對**。

而這第一球也不該只是單純奉送的球，具有意義的奉送球在整體的配球當中，必須是能拿下三振的關鍵球。

如果投出了「這世上有太多莫名其妙的人、充斥著眾多讓人難以承受的事件。」這樣的一球，那麼這篇審判的陪審報導的關鍵概念就必須是人世與世間的「不可理喻之處」。若不將此作為這篇審判報導的主題，就沒有意義了。

奉送的球，說穿了就是伏筆。伏筆必須要被收回。起頭文的意義會在讀完通篇文章後恍然大悟。這顆奉送球是帶有意義的這一點，也會昭然若揭。

俄國小說家契訶夫是這麼說的：「如果故事中出現槍，就必須發射。」

讓人驚豔的第一行起頭文就是那把「槍」。

不過，起頭文是尚未發射的槍。眼前有把槍這件事眾所周知，而看見槍的讀者則是驚惶失措，他們在對於這把槍不曉得是否上膛而感到戰戰兢兢的同時，卻又無法戰勝好奇心，繼續往第二句、第三句內容讀下去。沒有意外的話，甚至還可能會讀完。

但把這篇引人入勝的文章讀到最後，結果發現槍不曉得消失到哪去的話會如何？假設是連一發子彈都沒有發射出來的情況。

「什麼嘛！」

讀者的興致會頓時煙消雲散。這篇文章整體來說，也會變成一篇不過是虛有其表、不得人心的文章。這樣的結果是最糟的。

千萬不能只是讓讀者感到驚豔；出其不意的第一球是有意義的。若是採用這樣的配球就必須要拿下三振。

如果故事中出現槍，就必須發射。

第2發 如何定義「好的」文章

——我想變得更會寫。

HOP 該如何定義「好」？

好的文章該如何定義？

要定義好的文章，不是一件容易的事。而難以回答的問題，通常所問的問題本身有問題（「何謂幸福？」、「我活在這個世上的目的是什麼？」、「真正的愛是什麼？」等等）。

此時，只要改變發問內容就能順利解決問題，所以現在先讓我拆解文章一開始的問題。

該如何定義「好」？

該如何定義「文章」？

「好」該如何定義？因為HOP章節是寫給新手的，因此我便隨興地簡單下結論：好的文章就是易懂的文章。

易懂的文章姑且可以定義為：寫作者所欲傳達的內容在未遭誤解的情況下，能受到讀者所理解的文章。在此我就分享一篇恰恰相反、就難懂文章來說堪稱傑作的作品。情境是公司聚會，主辦人傳來了以下的郵件。

「哎呀，不好意思，上上封信中提到的集合時間才是正確的，日期的話下一封信中所聯繫的內容才是正確的。」

「哎呀，不好意思，結果我還是搞錯了，最近一封郵件的更正內容才是正確的。不過因為我傳送郵件給各位的時間有所出入，上封信跟上上封信的內容可能會因人而異，還請多加留意。上一封郵件雖然是統一發送的，但後來才決定要參加的人是事後補發的，所以對這些人來說，這封郵件會是他們收到的第一封。」

（《人生龐克道場》町田康）

這內容讓人捧腹大笑，文章能難懂到這種程度堪稱是藝術。這段內容出自文字的魔術師町田先生之手，有讀者向他傾訴「主辦公司聚會這種差事總是落到自己頭上，該怎麼樣才能解決這個困擾」這樣的煩惱，而這篇文章便是他正經八百的答覆。將自己佯裝成是無能的主辦人來閃避差事。就發想跟文章來說，都堪稱一絕。

換句話說，我們只要將這種難懂的文章藝術反向操作即可。原則只有三個。

① 縮短文章。

② 讓形容詞與其所形容的對象在句子中盡量靠近。

③ 一句話中只使用一個主詞跟一個述語。

簡短、拉近距離、簡單——讓文章可以馬上變「好」的三大原則

讓我先針對①來說明。

我是貓，一隻還沒有名字的貓。

這段文字眾所周知，是夏目漱石的處女作中通篇的起頭文，而他是絕不會使用像「我是貓，不過目前還沒有名字」或「我是一隻還沒被取名的貓」這樣的句子。

當然漱石不是只會寫短句，他也會寫結構繁複、複雜的日文長句。不過總的來說，他所擅長的是短小、易讀的文體。漱石在世的明治時期，是以小說家為首、透過報紙來發展出連一般老百姓都讀得懂的日文的時代。因此漱石**刻意避用艱澀的詞彙，而是以短文出擊**。漱石是道地的江戶人，純正的江戶人。

而文章就是要以江戶人的格調來寫。寫作新手最好是將所有文章都給拆解開來，**可以分成兩句寫的文章，就全都拆成兩句**。

接著是②中所提到的內容。

在我所崇敬的前輩中，有一位特別會取締劣文的高手，這位劣文獵人某天在電視新聞上聽到主播說到「違法的野生動物交易」，對此他感到憤慨不已。「我最先以為是我聽錯，但就連字幕都這樣寫，我還以為就連眼睛都花了。怎麼會去要求野生動物也要守法呢？」

這句話其實只要改成「野生動物的違法交易」就沒事了。「違法」的是「交易」本身，而「野生動物」是不可能會「違法」的。這樣的文章其實相當常見，理由何在？這是因為撰文的人明白自己所要傳達的內容，這道理再理所當然不過了。

然而讀者根本不曉得撰文的人想傳達的是什麼；多數情況下，他們甚至對此根本就毫無興趣。對方不曉得自己想傳達什麼，也絲毫不感興趣，寫作必須立基於這樣的出發點。謙虛是寫作的基礎。**文章寫得巧的人，對人、對世界都是謙虛的**。

最後③所提到的內容。

「提到太川陽介搭乘短程公車的東京電視台節目，身邊一定見得到漫畫家蛭子能收這位搭檔，但節目在一開頭便宣布了他今後將退出的消息。

蛭子在親筆信中所闡述的理由聽起來有點兒哀傷。／不過在重振精神後，節目兵分兩路，以轉乘短程公車與行駛於地區的火車進行旅行來對決，起點是西武秩父站。」

這也是劣文獵人所獵到的範例。

這篇文章雖然是專職的報社記者所撰寫的節目解說，但真的是一篇不知該從何批評起才好的劣文。撇開開頭第一句文章太長這點不說，最致命的該數「重振精神」這個段落。這裡提到的重振精神是誰重振了精神？是太川陽介？還是節目導播？說不定是這篇文章的作者本人呢。「我」重振精神，然後再繼續提筆寫下「節目……」。上述內容被放到了同一個句子中。**一個句子中出現了複數個主詞跟述語，也難怪給人一種強烈的不對勁感**。

在一個句子中，主詞跟述語分別只要一個就夠了。當然這只是大原則，寫成重文跟複文反倒能增添效果的情況也大有所在，然而就跟這名記者一樣，在不了解大原則的前提下隨意寫就的情況占了絕大多數。**唯有原則在受到遵守的情況下，例外的效果才得以被凸顯出來**。

「有點兒哀傷」這種刻意以口語呈現的手法是在討好讀者。「進行旅行」這種必須避免的用法，更是證明了他身為一名記者的意識之低落。至於為何會說這樣的用法應該避免？讓我留待第4發內容來仔細說明。

「文章」的定義

接著是第二個問題，文章的定義為何。這個問題相當棘手，正常人是不會去問這樣的問題的。因此在寫給新手的HOP章節中，就暫時先無視這個問題吧。

不過若是目標成為專職作家，就非得嚴肅面對這個問題不可。本書中也會一而再再而三地反覆深思這個問題。

文章的定義為何?語言又是怎麼一回事?

在此讓我稍加簡單說明。

夏目漱石的小說《草枕》中，有一段關於年輕的畫家主角跟謎樣美女那美瞬間拉近了距離的描寫。就描寫男女情愫的層面來說，漱石的功力是無人能出其右地高超。就在這兩人獨處一室、談話正起勁之際，地板開始劇烈搖晃。

「地震！」

碰到這樣的狀況，平時好強的那美也不由得出於害怕而靠向主角。女性的氣息迎面而來。「你可別動歪腦筋喔」那美這麼說道。男主角也回答道「當然」。

然而漱石只用「地震！」跟「當然」來構成對話，這究竟稱得上是文章嗎?若從文章必須有主詞跟述語構成的觀點來看，是無法歸類為文章的。「地震」無庸置疑是名詞，「當然」則是副詞。不過只要讀過小說就能明白，**單單是一個品詞**[2]**就足以構成文章**。

2 日文的詞類統稱為品詞，共有十種，被稱為是「十大品詞」。而十大品詞分別為：動詞、形容詞、形容動詞、名詞、副詞、連體詞、接續詞、感動詞、助動詞、助詞。

文章的定義為何？

文章是傳播的手段（信號、周波、催化劑、運輸工具、感染）。文章是承載著發聲主體的情感、判斷、思考而奔馳的黑貓宅急便。領件人當然是讀者。而貨物中若是沒有裝入情感、判斷與思考，是無法獲取讀者的簽收章的。

而讀者的簽收章，便是心中產生搖晃、出現崩壞的現象。

地震！

STEP

三船確實是戲精

我自二〇一四年開始為《朝日新聞》撰寫「身穿夏威夷衫種田去」這個連載專欄。專欄構想是自大都市移居至鄉下的作家，在人生地不熟的土地上，每天清晨花費一小時種田，這樣的發想讓人還真不知該作何評論。但出乎意料地，打從第一次連載開始，便接到眾多讀者的來信、電話和郵件，迴響很大。最後甚至還登上電視、編輯成書出版。連載也轉而系列化，截至二〇二〇年，已經連載至第七季了。

我在深具紀念價值的首篇連載登上報紙版面時，將刊載連載的報紙送給一位九州地區的報社編輯高層。我曾在別的採訪中受到這位人物的關照，算是點頭之交。送報紙給他這件事背後也沒有太深的意義。

這位編輯高層活躍於第一線時，便以高超的文章為人所熟知，不僅出版過好幾本書，更是歷任過副刊主編跟總編輯的人物。他為了答謝我而寄來一張明信片，上頭這麼寫道：

「讀過你的專欄了，寫得極好。用絕妙來形容都不為過。**不過凡事一旦『過頭』，就可能稍嫌不妥。**」

這張內容簡短的明信片，讓我暫時陷入了沉思。

黑澤明導演曾執導過一部名為《椿三十郎》的傑作，男主角（三船敏郎）是一名頭腦清晰、劍術高超，同時天不怕地不怕的劍客，面對敵方武士，刀下毫不留情。電影中一位優雅穩重的年長家臣夫人給予三十郎忠告的場景讓人難以忘懷。

「你這個人太過耀眼了，就像是一把出鞘的刀刃一樣，相當銳利。不過，真正的好刀是被收在刀鞘內的。」

「絕妙的文章」等同於「好文章」嗎？

《徒然草[3]》有這麼一句話：「細活用鈍刀」。

「詩作不必佳，驚天動地怎堪受」，這句話出自創作於江戶時代的狂歌。不會吟詩才是好事。寫出絕妙的佳作驚天動地，才是最危險的事。相對於《古今集序》文中所寫的「不費吹灰之力驚天動地」，可說是帶有相當強烈的嘲諷。

人總是期盼寫出絕妙的文章，期盼握有鋒利的刀刃，以便能將敵手（讀者）打個落花流水。

但是，所謂「絕妙的文章」是否等同於「好的文章」？

如果說文章是承載了寫作者的情感、判斷、思考所奔馳的黑貓宅急便，而簽收章則代表著讀者內心受到打動的現象，那麼好的文章，不就是能為讀者歡喜簽收的文章嗎？**我要的不是什麼絕妙的文章，我只想簽收「好的文章」**。這應該才是顧客真正的心聲。

行文至此，我的提問也隨之變調。

該怎麼定義好的文章？

如同字面上的意思，好的文章就是能帶給人好心情的文章。讓人平心靜氣的文章。讓這個世界生活起來可以快活些的文章。給人開放感的文章。不會過於耀眼、被收於刀鞘內，同時也不會過於銳利，換句話說就是有德性的文章。

過於鋒利的刀刃讓人坐立不安。眾人渴求的是閒情逸致；文章渴求的是**空間**。

但「空間」又是什麼？

在這裡我先留下「種下誤讀的種子」這樣的解釋。在本書最後一發子彈的第25發的內容中，這個概念必定還會再出現一次的。

3 吉田兼好法師的著作，為日本中世文學隨筆文學的代表作之一。

第3發

順暢的文章

——易讀性取決於細膩度。

HOP

目標是寫就可以輕鬆閱讀的文章

我目前相當沉迷於狩獵，只要談論到野鴨或是野鹿，話匣子就停不下來。我可以無視對方忘我地暢談超過十分鐘，而對方也會不曉得神遊至何處，這樣的情況可說是家常便飯。話題進展得過於順暢，我本人對此也渾然不覺。這種人真是要不得，是不受歡迎的。

不過這裡提到的「順暢」可不是「失手」的意思[4]，而是指如同滑翔機暢快滑行且細膩的文章。可以的話，最好是寫出讓讀者甚至忘卻自己正在閱讀這件事的「順暢文章」。

但該如何才能寫出順暢的文章？答案是降低摩擦係數。說穿了不過如此而已。

保齡球館的球道在上了好幾層油後呈現出滑溜溜的狀態，只要將球輕放於球道上，球就會好似被球瓶區吸引一般向前滾動。但若換成是草地會如何？球將變得難以滾動。那換作是公園的沙坑呢？就算是讓室伏廣治[5]來投，也肯定無法觸及球瓶。

原因在於摩擦係數太高了。若要讓保齡球觸及球瓶，需使出相當大的力氣。**在抵達球瓶（換言之即為文章的結論）前，必須強迫讀者努力閱讀。這便是摩擦係數高的文章、不順暢的文章**。不順暢的文章是不可取的。

具體來說，該怎麼樣才能避免不順暢的文章？本書截至第7發為止所傳授的內容，便是有助於降低摩擦係數的技巧。

4 日文原文為「すべる」，這個詞在日文當中有著滑動、失敗的意思。
5 日本鏈球運動員，為二〇〇四年雅典奧運會金牌得主。

割捨的勇氣——專有名詞和數詞

若想降低摩擦係數，最簡單的第一步便是**減少使用專有名詞和數詞**。關鍵僅此而已。我在任職報社時，曾擔任審核年輕記者稿件的主筆。當時我只會對真正有心學習的年輕記者說「專有名詞太多了喔」、「少用一點數字」。

而每個人聽了都大吃一驚。

不過這也是理所當然，就報紙來說數據便是一切。數據是透過一而再再而三的採訪好不容易才能取得；讓事實說話；人名、地名、數字最重要，這些要素是報導的基礎。他們過去所學到的不外乎這些。

確實也是如此，對此我並不持反對的意見。

然而這樣的報導是否能為讀者所閱讀，則又是另當別論了（也有不少記者會慷慨激昂地反駁，聲稱即便現在的讀者不讀，將來也是殘存至後世的史料。對此我也無意反駁）。

將人名與數字放入報導中，無庸置疑是會提升摩擦係數的。閱讀的速度也會因此下降。

此時應該要反向思考才對。若是要放入數字，則那些數字肯定是在建構論述的層面上扮演了關鍵性的重要角色。而若要放入人名或地名，則應該是一旦缺乏這些資訊，將有礙讀者理解內容的情況。若是要放入專有名詞，則應該是在審慎評估後加以選擇。

找藉口是很難堪的——「等」、「種種」、「各式各樣」

除此之外，還有一個很好懂的就是「等的問題」。讓我們來共同消滅「等」吧。

首先請閱讀以下的文章。這篇文章刊載於發行於全國的報紙上，是電視節目的內容簡介。

「以九人對九人形式進行對決的人氣猜謎益智節目，今晚將由在《不在場證明破解少女》劇中擔綱演出的勝村政信領軍領銜主演的濱邊美波與安田顯等人，對抗奶油濃湯的有田哲平所率領的隊伍。」

首先九人對九人這個數字根本就不需要。此外，一段話中被竭盡所能地塞進了六個專有名詞，對於幾乎不看電視的我而言，其濃度可是高到讓腦袋在瞬間陷入空白。

接著是第二段。讓我們來看看是怎麼樣的猜謎遊戲。

「為只提示出部分形體的漢字加上筆畫，使其成為指定讀音的漢字，以及『我是小朋友愛吃的食物』等，藝人們將針對扮演特定食物等的節目旁白所反覆提出的問題來推理出解答的問題等，滿載了讓聽堂和樂融融的內容。」

這段文章長到難讀不說，一句話中竟然還出現了三次「等」，幾乎堪稱是犯罪的程度了。

人究竟是為了什麼在文章中使用「等」？原因是內心有所恐懼，同時想追求「正確」。只要使用「等」，便能鬆一口氣。可以在觀眾抗議「猜謎的問題不光只有這些吧！」的情況下自保（現實中不會有這種抗議就是了）。

而這種現象又以報社記者特別常見，使用「等」的時候，其實都是為了搪塞、找藉口、留後路。

把「等」全數刪掉並不會構成任何問題。「推理出解答的問題，讓聽堂和樂融融」，這樣不就挺好的嗎？

不對，這樣還不夠。「聽堂」這個詞是怎麼回事？現在都什麼時代了？這老掉牙的詞彙也太扯了（第4發），什麼和樂融融嘛，開玩笑也得有個限度（第5發）。

「等」、「種種」、「各式各樣」，這些全是搪塞的用語。因為無法具體說明；因為沒有認真思考；因為麻煩。這樣子不過只是放爛作家的工作。因為文章太難讀了，乾脆落荒而逃。落荒而逃的作家將失去大顯身手的舞台（by川田英光《無仁義之戰・頂上作戰》）。

雖然我的評論有些不留情面，但作家的仁義就是在最初便理解造成寫作阻礙的關卡。

STEP 向電影的第一幕取經「順暢的文章」

寫作者便是創作者。既然身為創作者，除了小說跟紀實文學以外，也**必須愛好電影、音樂、戲劇、繪畫等所有的「創作形式」**。稱不上喜歡也無妨，但「漠不關心」不該是專職作家該有的表現。

平心而論，這些創作形式對於精進文章技巧相當有幫助，特別是電影分析更是不容輕忽。

電影是呈現時間不過兩小時的短小創作形式。開演的前幾分鐘就必須緊抓住觀眾的心，不對，在此之前更得緊緊抓住的是身為「金雞母」的贊助商的心。因此**所有電影的**

第一幕都是導演費盡苦心所經營的畫面。每一部電影都有其速度感才能構成「順暢的文章」。

比方說對小津安二郎導演最常見的評價是以悠緩的節奏，靜謐地刻畫出家族間的情感與人生的悲哀，但這可是不得了的誤會。你們再仔細觀看他作品中第一幕的速度感，根本是神乎其技。無論是《東京物語》還是《秋刀魚之味》，只要是被譽為其代表作的作品，都**仔細地去反覆觀看第一幕**。**為何會是這樣的場景？沒有任何一個鏡頭是無法被加以說明的**。笠智眾跟原節子這幾位主角的社會階級、性格與年收，都是在單一場景中被淋漓盡致地呈現出來。

即便不是經典電影也無妨，試著以作家觀點重新去觀看並分析自身所喜歡、反覆觀賞的電影，特別是其中的第一幕。

我很喜歡柯恩兄弟執導的《謀殺綠腳趾》，前前後後反覆看了好幾次，片頭是以巴布·狄倫作品中知名度不算高的〈The Man in Me〉這首歌來揭開序幕。鏡頭首先是在一間平凡的保齡球館的球道上橫向移動，接著鏡頭帶到接二連三擲球的客人身上，而這些人正是觀察的重點所在。這幾個人都看似平凡、隨處可見，但是請仔細注意他們的性別、人種、體型、髮型、穿著。導演會將這幾個人放在這個場景中絕非偶然。

這部電影是拍給誰看、同時又是基於什麼理由拍攝，光是第一幕便足以淋漓盡致地在善用所有鏡頭的情況下，迅速呈現出來。

摩擦係數低、暢通無礙，我所說的就是這麼一回事。

埋入信號——瓶中信

最後我想再補充一點。前面我寫到了盡可能不要使用專有名詞跟數詞，而真要用的話，僅限於絕對必要的情況。

以下是以前我為全國性報紙的社會版面所撰寫的文章。這篇報導記述了一間位於鄉下、經營岌岌可危的爵士咖啡店，某天日本音樂著作權協會突然找上門來，向他們徵收幾十年份的著作權使用費。以下是開頭的部分。

「一如往常門可羅雀的店內難得有一位年邁的紳士上門，這位紳士並非常客。／新潟市西堀通的爵士咖啡店『SWAN』。W子（55歲）在上前招呼客人點菜時，客人問道『我可以點歌嗎？〈痴傻我心〉』／品味真是不凡，My Foolish Heart是吧，很少人會用日文標題來點這首歌的。W子內心這麼想著，一邊將唱針置於老唱盤上。結果這一天上門的客人僅有這位紳士。」

現在重讀這篇文章，發現文末以體言「爵士咖啡店『SWAN』」作結、落入窠臼，這一點儘管讓人在意，不過在此我想說明的是專有名詞跟數詞。

「新潟市西堀通」、「SWAN」、「W子」、「55歲」，這些都是報導中絕對不可或缺的專有名詞跟數詞。不過歌名的〈痴傻我心〉有必要嗎？而且後文還煞有介事地以〈My Foolish Heart〉又再次重複了一次歌名。這篇文章中另外還有這麼一段內容。

「這間店的常客還包括於一九七八年、三十二歲時逝世的傳奇音樂評論家間章。」

就這個段落的主旨來看，這句話完全是可有可無的資訊。是否可以說它是在提升摩擦係數的多餘專有名詞之餘，又更進一步加入了數詞？

我的看法恰恰相反。**文章中沒有所謂的「絕對必要」，但若缺少了這幾個專有名詞、數詞，這篇文章就不「到位」**，稱不上是完成。

針對不熟爵士樂的讀者，僅放入絕對「必要」的專有名詞，盡可能去降低摩擦係數；然而面對熟稔爵士樂的讀者，則是要運用不流於表面的場景描繪來增添氣氛，以建構出「到位」的文章。爵士喫茶店的成立背景、店面外觀、是如何受到客人愛戴，就連受到日本音樂著作權協會所雇用、佯裝成客人去刺探的偵探也都必須納入筆下。**必須**

要埋入這樣子的信號。

仔細想想，寫作是一項相當棘手、讓人焦躁、沉悶，同時一點都不起眼的工作。究竟是為什麼要這麼辛苦？

文章即為信號。寫就後不曉得有誰願意閱讀，對於不知能傳遞至誰的手中而惶惶不安。然而，若是不相信有人能欣賞自己的文章，就會被無法再寫下去的衝動所吞噬。文章即呼喚；文章是被埋藏起來的信號。

將信塞入空瓶中，流向大海。這個空瓶所漂流的終點無人知曉。但若是不相信有人會讀到這一封信，打從一開始根本就寫不下去。

文章的本質即在於此。文章是磨得光滑的保齡球球道；文章是埋藏的信號；文章是瓶中信。

第二章

知曉禁忌

第4發

慣用語句、「矯揉造作的表現」

——不共戴天之仇的大敵。

HOP

慣用語句——一幫「目光炯炯」、「昂首挺胸」的無聊傢伙

面對聚集到我家的學生們，**我最先傳授給他們的第一件事就是「消滅慣用語句」**。

從我這個私塾畢業、現在已經是自由作家的一個學生，提到過去有過這麼一段往事。某天她一如往常因為寫不好而被我臭罵，據說當時我告訴她「在紙上寫下『慣用語句是不共戴天之仇的大敵』，貼到書桌前」。我這個地方與其說是私塾，其實也不過是大家聚在一起邊喝酒邊吃飯而已，當時我應該是喝醉了。

慣用語句是刻板印象、陳腔濫調、老套的字眼。

比方說形容秋天的天空時，每個人至少應該都曾經用過一次「一望無際的藍天」這樣的形容。另外像是「火焰般的楓紅」也相當常見。

報社記者在還是菜鳥的第一、二年會被派去跑高中棒球賽的新聞，因此高中棒球賽的相關報導可說是慣用語句的寶庫（？）。

輸掉球賽的選手們「飲恨吞聲」，在發揮全力後「昂首挺胸」，「積極進取」地決定將希望放在明年，打算勤加練習。另一方面，勝利的球隊選手們則是「目光炯炯」、「樂不可支」，「人山人海的觀眾席」也因而「歡聲沸騰」。

為什麼不可以用慣用語句？不用說當然是因為文章會因此流於平庸，形容會因此變得普通的關係。

不過，比起這一點要來得更加罪孽深重的是，使用慣用語句會讓自身的觀點也變得平庸。也就是說會依賴別人來觀察這個世界。

這話是什麼意思？

比方說像方才所提到的，用「一望無際的藍天」來形容秋天的天空。一開始想到用這樣的詞語來形容的人想必是費了一番苦心。一朵雲也沒有、看似無止無盡，彷彿天空的界線消失掉一般。將這樣的天空用「一望無際的藍天」來形容，文筆可以說是相當好。

但這樣的比喻一旦被創造出來，並且在這樣的形容開始「流行」、並廣為眾人所使用後就沒救了。**在寫下「一望無際的藍天」的當下，寫作者將不再觀察天空，根本沒把心思放在天空上。寫作者是透過他人的眼睛在觀看天空，認定「這樣的天空應該就是用一望無際的藍天來形容」，只不過是透過他人的腦袋在感受罷了。**

事實上，晴朗的秋天沒有一天會呈現出相同樣貌。每個藍天都帶著不一樣的藍。偶爾在結束一項艱辛的工作後，會心情愉悅地仰望天空；跟戀人分手，消沉到想死時，天空蔚藍依舊，這樣的時刻也有。

每個「藍天」都不同。話說回來，去仰望平時不會留意的天空，並覺得有所感的那個當下，情緒跟心境肯定是有別於平時才對，若非如此的話，也不會特別去觸及天空的顏色。

去仔細觀察對於自己來說，天空是怎麼樣的「藍」，**用自己的腦袋認真地思考**。

「美麗的『花』是存在的，但如『花』一般美麗的事物是不存在的」，這句話是某位知名評論家的名言。而將這句話極為扼要地換個方式來陳述，要說是「禁用慣用語句」也說得通。

我們總是會不經意就說出或寫下「美麗的花」、「美麗的大海」這樣的語句，這些詞語用於日常生活的對話中是無妨，但是對於志在成為寫作者的人來說，如果寫出「美麗的大海」、「美妙的旋律」、「美人」這樣的東西，是沒有未來可言的。

每一朵花中確實存在著各異的美麗，但是可以概括花朵的美麗是不存在的。每朵花都是不一樣的，因此反而不能去寫「美麗的花朵」。

慣用語句會「干擾寫作者的觀察能力」!?

今天這片海「美」在何處？跟其他日子、其他地方的海又有著怎麼樣的不同？**將這一點透過自己的話語來描述，是寫作這件事的唯一重點**。

想要將自己所感受到的美讓讀者也體會到、傳達給他們，因此才提筆寫作。但很多情況是，不單是讀者，就連自己都搞不清楚「美」在何處，根本就沒有好好觀察。

打從一開始就連自己都不曉得大海、旋律跟人物是如何地美，未能將其轉換為文字，也就是說自己其實根本就沒有仔細去思索，只不過是莫名地覺得美，並使用「一望無際的藍天」、「火焰般的楓紅」、「美妙的旋律」、「前衛的吉他演奏」這種常見的形容語句，透過他人的譬喻、他人的腦袋在書寫而已。

為何唯有這片海跟這段旋律是美的？為何會特別打動「我」？為何我會感受到慰藉和鼓勵？這種切身的感受並未能化成文字的結晶。

雖然大家常會說「美到難以言喻」，但那其實不是沒有可以形容的語句，只是沒有認真去思索而已。更進一步來說，其實只是根本沒有確實感受到那份美。

即便是前人所建構出的豐富語言世界，也無法淋漓盡致地表達出自己當下的感受。胸懷大志的「棘手人物」注定會投身於早知沒有勝算的戰場中，他們所開闢出的那片荒野便是語言。而特意去寫作，正是意味著將自己完全置身於這片荒野中。

雖然我說得一副頭頭是道，但我跟學生們好似酒醉後所說出的「慣用語句是不共戴天之仇的大敵」這句話，所使用的形容不也是慣用語句？

一邊用慣用語句還叫人別用慣用語句，真是少根筋呢。

STEP

小林秀雄的提問──「花」美在何處？

「美麗的『花』是存在的，但如『花』一般美麗的事物是不存在的」（〈當麻〉）

這句話出自小林秀雄[6]，文章出處為一篇短文隨筆作品，志在寫作的人都應該一讀。

某個特定的守門人跟馬車，跟其他的守門人與馬車有著什麼樣的不同？去把那差異描寫下來，想辦法讓我理解。法國作家福樓拜是這麼指導他的學生莫泊桑的。

重點在於面對自身想加以形容的事物時，必須在挖掘出未曾有人察覺、也未曾被提及的面向之前，費時地入微觀察。不管是怎麼樣的事物，勢必都存在可再進一步深究的可能性。

（〈兩兄弟〉）

6 日本作家、文藝評論家。小林秀雄是奠定日本文藝評論界的靈魂人物，為日後多數的文藝評論家帶來深刻的影響。

這樣的內容如果用我自己的話來轉述，就是「確實且徹底地忠於自己的觀察」。

以下文章取自一篇刊載於全國性報紙上的書評。

「作者以長頸鹿的脖子為何那麼長的疑惑為出發點，告訴我們長頸鹿跟獾㹢狓是近親，並透過大型動物的解剖、骨骼標本的製作，為我們開啟了未知世界的大門，扼要地說明。

讀者們在書中將與作者共同閱讀解剖學論文，並獲得指向世紀大發現的研究主題，這段內容讀來讓人相當興奮。書中滿溢著郡司小姐對於長頸鹿的熱愛，讀者們也因此分享到她對長頸鹿的憐惜疼愛。」

這篇文章中有好幾個「慣用語句」。有些讀者可能會覺得沒有慣用語句，不過就我來看，在潤飾的階段可歸類至「刪除這樣的形容、另外發想」的文字，就較短的文章來說至少有五處。

- 開啟未知世界的大門
- 世紀大發現

- 相當興奮
- 書中滿溢著熱愛
- 分享憐惜疼愛

確實文章的意思是通順的，在此我就不逐句解說，但比方來說，最好懂的就是「相當興奮」。如同第5發的內容所述，除了應該要對使用「興奮」這種擬態語存疑之外[7]，用於「興奮」前面的「相當」也讓我耿耿於懷。人在感到興奮時，一定都是「相當」興奮才對的，在我看來搭配加以強調的副詞使用，只會讓這樣的形容流於普通。

「矯揉造作的表現」——以膚淺心態所寫就的漫不經心文章

更進一步來說，除了「美麗的大海」、「火焰般的楓紅」這種常見的形容跟譬喻手法以外，還有一點非留意不可的事項，那就是由慣用語句所衍生出來的「矯揉造作的表現」。

7 「興奮」的日文寫作「ワクワク」，屬於描述狀態與樣貌的擬態語。

「年尾的東京·表參道。就讀東京都內私立大學三年級的女大學生（21歲）穿著黑色的面試用套裝，在裝點大街彩燈的包夾下走著。」

這是刊載於全國性報紙上，開春第一篇連載文章的起頭內容。刊登於年節期間、占據了報紙一整版的大規模連載，對於記者來說是相當榮譽的舞台，無論是什麼類型的報導，都是記者最賣力寫就的內容。而前述的文章便是通篇的開頭第一句話。

記者本人自然是不在話下，所謂「主筆」這種負責修改文章的角色、下標題的整理記者跟校閱記者、社會版的主編或總編輯等報社高層，這篇文章是在眾人過目後才出現在讀者面前的。

但我將這樣的文章稱為「矯揉造作的表現」。報紙不再是直接傳遞新聞的媒介，而是作為一種報導讀物而被創作出來的「矯揉造作的表現」。記者們之間是有著這種共通的體認，而這段文字便是相當典型的例子。**報紙的內容便是如此，作為一份讀物的報紙就是這樣撰寫的**，長期以來在新聞界中這樣的技巧儼然已是慣用的描寫手法。

「年尾的東京·表參道」，句子中提及時間、場所，並以句點分隔、強調。這種呈現手法的另一種衍生用法，是在具有重要意義的日期後方加上句點。

「二〇一一年三月十一日。劇烈的晃動在放學後襲來，當時他正在前往參加棒球社練習的路上。」

這樣的手法若是未加以遏制的話，會逐漸像海嘯一般席捲報紙、雜誌跟網路新聞。「進行」、「舉辦」也是「矯揉造作的表現」的亞種。

「為了促進消費，△日舉辦了『〇〇町飯糰選手選拔會』。」

「〇〇高原滑雪場於△日進行了祈求賽期順利的安全祈願祭。」

「節目兵分兩路，以轉乘短程公車與地區的火車進行旅行來對決。」

旅行是用「進行」的嗎？單純用「有〇〇〇」、「展開〇〇〇」、「做〇〇〇」難道不好嗎？那是因為一般普遍存在新聞報導就是要這樣寫的先入為主觀念。寫作者想凸顯這場活動極具新聞價值，因而使用了冠冕堂皇的「進行」、「舉辦」。「其實這也不是什麼了不得的大活動，但是因為假日沒有話題，版面冷清，逼不得已才刊登這篇稿件……」像是這種帶有藉口的意識，也會造就記者去選用這樣的用語。

這樣的現象換句話說，就是創作的通貨膨脹，而且還不僅是報紙而已。電視新聞、廣告、官僚所撰寫的公文、企業所發出的新聞稿，若是未制止的話，這現象在這世上可是會無窮無盡地繁衍下去。

而寫作者應該要體認到，**這種「矯揉造作的表現」正是造成文章變得難讀的關卡**。

「矯揉造作的表現」所定義的反烏托邦

再更進一步來說，**「矯揉造作的表現」會讓這個世界變得更難以生存**。

女人味就是這個意思，男人就應該表現出這種樣子，日本人就是這樣的民族，愛國心的定義即此，所謂「人」以及「人性」就是○○○……

人所創造出的一切「矯揉造作的表現」，背後其實根本就拿不出一個像樣的根據，一切都只不過是適用於某個特定時代與地區的文化所造就出的規定。不過是幻想跟成見罷了。

文章應該是要出於怎麼樣的目的撰寫？在此唯一可以斷言的是，作為一位專職的寫作者，應該是要為了讓這個狹隘且心胸狹窄、充滿壞心眼、競爭激烈的世界，變得稍微宜居一點、變得更加容易生存、讓肺部能吸入更多空氣而書寫。如果所為的不是這樣的目的，那究竟是為了什麼要這樣死巴著書桌、痛苦地掙扎、搞到腰痛、讓自己深受肩頸痠痛之苦，卻依舊焦躁地書寫、前後斟酌，重複著寫下後刪除、刪除後又再度寫下的行為？

寫作者是為了力抗這股氾濫於全世界的「矯揉造作的表現」的洪水而書寫。**在這個「矯揉造作的世界」中發現破口，製造裂痕。讓透過縫隙所傳進來的風能吹拂過這個社會。**

慣用語句是不共戴天之仇的大敵，這句話的真義便在於此。

第5發

擬聲詞、擬態詞、流行用語

——「超有感」跟「暖洋洋」真的都超瞎的。

HOP

做作的擬聲詞跟擬態詞

首先請先閱讀以下文章。

「喀沙喀沙。腳下傳來了這樣的聲響。時序是今年冬天最強寒流降臨的一月底，我為了拍攝純白的雪景踏出家門。在積了雪的路上，每向前邁進一步就傳來這樣的腳步聲。／（略）／我為了採訪前往位於山間的村落，雪地上並排著人與動物的足跡，看來是主人帶著愛犬外出散步。路旁有兩球大小不一的雪塊堆在一起，是雪人嗎？看著雪地上所遺留下的足跡，我的思緒飛到了早先於我走在這片雪地的人身上，重新體認到寒冷的下雪天其實也不壞。」

這篇文章取自我這間私塾中最年少的二十三歲新手記者所寫的專欄。她出身於跟我毫無交情的別間報社。

這篇文章讓我最看不過去的就是一開頭的「喀沙喀沙」，而這個詞被用作通篇的起頭文字這點更是讓人介意。

但她本人應該是別出心裁地選用了這個擬聲詞，既非喀喀喀地踩在雪地上，也不是穿著長靴發出沙沙沙的聲音。而是別出心裁地，選用了不是片假名而是平假名的「喀沙喀沙」[8]。

這篇文章顯露出一股撐大鼻孔的得意洋洋感，但我只想說還真是饒了我吧。

同樣帶有這種得意洋洋感、在前一陣子大為流行的擬態詞則是「暖洋洋」。

8 日文中一般多以片假名來書寫擬態語，但此處在原文中並非片假名而是以平假名書寫，給人一種特別強調，或是想吸引注意的感覺。

「女子的單身京都之旅。在茶屋稍事歇息，享用玉露。茶湯在舌尖蕩漾，讓人不禁暖洋洋的，倍感療癒。」

都不曉得是不是感冒了，我在讀完後覺得超冷的。這段文字就是讓人難受到這種程度。

「女子」、「茶屋」、「享用」、「不禁」、「暖洋洋」、「倍感療癒」，這些字眼全都讓人受不了。裝出一副天真、無邪、清純的樣子，我甚至想幫這段文字命名為「做作女敘事法」，寫作者的自我意識直逼眼前。

剛入門的人自然是不在話下，已經步上軌道的寫作者也是，即便是短期也好，希望你們能完全戒用擬聲詞跟擬態詞。

擬聲詞正如其字面上的意思，是將實際的聲音透過文字來表現，「唏哩呼嚕」吃下茶泡飯、雨聲「淅瀝嘩啦」、小狗「汪汪汪」。「喀沙喀沙」也是擬聲詞。

擬態詞則是將聲音以外，比方說像是視覺或是觸覺所形成的印象，透過文字來表現的詞語。「鮮嫩嫩」的一年級新生、「滑溜溜」的表面、「慢悠悠」的傢伙……而「暖洋洋」則屬此一類別。

「嗚哇、嗚哇、吼哇」是怎麼樣的擬聲詞？

日文的擬聲詞跟擬態詞相當豐富，這樣的現象並非壞事，反而能拓展日文的形容的可能性。

荻原朔太郎[9]將貓叫聲描寫成「嗚哇、嗚哇、吼哇」以暗示飼主的瘋狂；中原中也[10]筆下的遢鞦韆發出的是「咿啞、咿啞、咿嘔啞」的聲音，與讓人厭惡的軍國主義時代的動盪連結；而草野心平[11]筆下的青蛙在臨死之際發出的是「哩謳、哩謳、哩噈」這種彷彿祈禱般的鳴叫聲。

擬聲詞跟擬態詞是具有創造性的語言，它所揭示出的不是貓咪或遢鞦韆或青蛙本身，而是聽者在閱讀到這個詞後的感受，它能向過往內心中不曾有過的發想打上聚光燈，因此具有打動讀者的力量。

我想「暖洋洋」這個字眼一開始也是這樣的，在大阪地區的方言中，這個字是意味

9 日本大正和昭和前期的詩人，被譽為是日本近代詩之父。
10 一九〇七年生於山口縣，是日本最具代表性的詩人之一，其詩作被收錄於日本的國文教科書中。
11 一九〇三年生於福島縣，曾獲頒文化勛章的日本詩人，在世時與高村光太郎和中原中也等詩人有著密切的交流。

著「蒸地瓜」，《東海道中膝栗毛》[12]中也有「管他是能幹或不能幹的幫傭，買下蒸地瓜吃進肚後，人人皆心頭暖洋洋」這樣的描寫。而這個詞由此進一步演化，變成用來形容心頭暖和跟悠哉悠哉這樣的情緒。

不過「暖洋洋」這個詞卻是一直要到二〇一〇年才以年輕人經常使用的用語被收錄於《現代用語的基礎知識》中。但實際上這個字眼早在那之前就被廣泛使用，是十幾年前的流行用語。把這種古早時代的用語拿來當作時下潮流字眼使用，還擺出一副得意洋洋的樣子，只不過是丟自己的臉而已。

「喀沙喀沙」這個擬聲詞也是早就已經被用了好一陣子，若真想用的話，就自己開發新的擬聲詞，並想辦法讓它流行，希望讀者們能抱定這樣的決心去開發新的字眼。

小心陷阱

為什麼不要用擬聲詞跟擬態詞？**首先，使用這樣的詞會顯得很幼稚**。汽車噗噗響、北風咻咻、滑雪樂陶陶、星星亮晶晶。

再來這一點比較重要，因為擬聲詞跟擬態詞也屬於慣用語句。寫作者一旦使用了擬聲詞跟擬態詞，將不再去觀察這個世界。他們將透過前人的眼、耳、口、鼻、觸覺來感知這個世界，將不再啟動自身的感受跟「自己這個人」。也就是說，擬聲詞跟擬態詞與第4發內容中所提及慣用語句的問題是一樣的。

貓不會永遠都是喵喵叫。而青蛙只會在臨死之際「哩謳、哩謳、哩嘛、哩嘛」地叫。

若想透過擬聲詞跟擬態詞來傳遞特定的感受，每次使用時就非要去開發新的字眼不可。只是我對於在每個使用當下所開發出的「字眼」能否成為「語言」這一點相當存疑，因為要獲得他人的理解是相當不容易的。**若是說有多少感受就存在多少相對應的字眼的話，那麼反而會降低自由度**。

寫作這件事不能小覷。不光是擬聲詞跟擬態詞，慣用語句、老掉牙的形容字眼也是被設於書寫這項行為中的陷阱。

寫作這件事其實就是設法去閃避被設於各處的陰險陷阱。而唯有倖存者才得以觸摸到黃金寶藏，取得個人獨到的形容手法。

12 成書於江戶時代的著作，書名中的「栗毛」意指栗子色的馬，而「膝栗毛」則意味著用自己的膝蓋代替馬，即徒步旅行之意。內容描述了住在江戶神田八丁堀的栃面屋彌次郎兵衛和食客喜多八經由東海道在前往伊勢神宮、京都、大阪旅途中所發生的滑稽笑談。

STEP

不經意寫下「有夠瞎」的人很瞎

對時下的年輕人講「エロ」、「グロ」、「ナンセンス」這幾個詞他們聽不懂，講「波霸」（ボイン）的話或許還聽得懂，但應該會遭到嘲笑[13]。那「愛侶」呢？應該聽得懂，但這個詞成為死語早就已經過了好幾十年。不過同樣是法文，「頹廢」這個字眼絕對沒有人懂[14]。

這就是流行用語跟俚語的下場。

「超」或「真假」或「有夠瞎」或「夯」或這幾個字眼馬上就會失去鮮度、過期。我的意思不是要損年輕人的用語，不過話說回來，「損」這個字眼在發源地的美國，早在十幾年前饒舌歌手都沒有在用了。

我意思不是要志在成為寫作者的人不准使用流行用語，卻非對可以使用的時機、場合，以及其賞味期限相當敏銳不可。

以前我曾在網路上發表過一篇與音樂人對談的文章，而那位音樂人的某個粉絲讚譽我的文章是「超有感」，這個人似乎是一名部落客。他欣賞我的文章讓我很開心，但看他使用「超有感」這個用語，讓我不禁擔心這人是否沒問題。

我的意思不是指「超有感」這個用語已經退流行，我所針對的是，在這個字眼開始流行沒多久、大家一窩蜂跟風使用後，自己也不自覺地將這個字眼用於文章中的鑑賞能力，就一名寫作者來說其實是相當遲鈍的。

真要用流行用語，要不就是選在那個字眼**剛開始流行的短暫瞬間使用**，要不就是選在那個字眼已經開始讓人苦笑、透露出一股哀傷氛圍時，**將其作為笑柄來使用**。就只有這兩條路。我這個人是不看電視也不瀏覽網路的，而可以頂著一副得意臉（這個詞也是流行用語），就將連我這種等級、與世隔絕的人都曾聽說過的熱門流行語拿來用，讓我不禁懷疑這人是否沒問題。

被篡奪的大腦——流行用語會使思考僵化

我的意思不是要去排除「夯」、「超有感」、「噁爛」這些字眼。

13「エロ」這個詞源自英文「erotism」、「erotic」，「グロ」則是源自「grotesque」，「ナンセンス」則是源自「nonsense」。這幾個詞在日文中均為外來語，且屬於比較老派的用語。

14此處所提及的「愛侶」在日文原文中寫作「アベック」，是取自法文中的前置詞「Avec」，在日本自一九九〇年代開始成為死語；「頹廢」一詞在原文中則寫作「アプレ」，源自法文的「après-guerre」，意思為戰後，也用於指稱戰後在道德與價值觀崩壞下，欠缺責任感和道德心的年輕人，進而衍生出「頹廢」之意，目前也是幾乎沒有人使用的死語。

日文本來就是跟新鮮字眼、流行用語適配度很高的語言。

日本人最初使用的文字也是自中國傳入的漢字，並以萬葉假名來著述最古老的和歌（萬葉集），日後發明得自漢字草書的平假名，讓平安文學開花結果。而簡化漢字的偏旁所誕生的片假名，則是深化了鎌倉佛教中的哲學思考。這些都是我們的祖國日本的耀眼文學傳統。

日本文化簡單來說就是熱中新鮮事物，同時是改造的狂熱分子、升級版文化、誤讀的天才。

比方說日本人長期以來透過將日文中的イ形容詞和外來語加以結合，創造出了無數的新詞。所以說，既然有「エロい」這種說法的話，「エモい」也沒有什麼不對，出現「エコい」（對環境友善的）這個詞也不值得大驚小怪[15]。事實上這個詞還真的存在，只是沒有流行起來而已。

不過在使用這些字詞時的時機跟場合，必須得顧及TPO[16]（這個詞以前也是流行用語）才行。

其實也就是所謂的「不易流行」。**靠文字吃飯的人，對於流行是不能遲鈍的。然而與此同時，也必須深知那只不過是流行，在體認到流行的飄渺不定跟愚蠢的前提下使用。**「不易」指的是不變之物，也是企圖獲得普遍性的文章當中的法寶。

流行用語是不能在流行期間使用的，理由在於每個人都在用。所有人都透過這個相同的字眼試圖去烙印下感受、判斷、思考、所感知的世界，而這也是所有人都開始停止判斷、停止思考的佐證。

使用流行用語意味著將語言託付給這個社會，而將語言託付出去，便代表了將自己的腦袋、自己的靈魂託付給這個社會。也就是說將自己毫無保留地託付給這個躁動、邪惡、三心二意，理應唾棄卻又非得依附其生存不可的這個怪物社會。

為何要提筆寫作？

寫作是為了不去觀看，也不去感受所有人都在關注、所有人都在感受的事物。**寫作這件事的本質，便是去讓自己擁有少數族群的鑑賞能力**。

傳達這件事就本質上來說，就是將可見之物轉化為無形之物。

（《文學空間》布朗肖〔Maurice Blanchot〕）

15 這幾個詞分別是將日文中的外來語「エロ」（取自「erotic」）、「エモ」（取自「emotional」）、「エコ」（取自「ecology」）加上「い」，使其轉化為形容詞使用的用語。

16 TPO是取自Time（時間）、Place（地點）、Occasion（場合）這幾個英文單字的第一個字母，在日文中意味著適時適所的行為舉止和穿著。

即便現在不懂，但能深刻體認到這句話背後意義的那一天終將來臨，不過前提是你必須要持續寫作下去。

第6發
起承轉合

——能掌握住「轉」的人便可殺出一條血路。

HOP

起承轉合至關緊要

有個詞叫做「破格」。不因循前例、嶄新、具有原創性的創作。身為一位創作者，總期待著有一天被人稱讚「那傢伙是個破格的人物」。

另一方面，有個詞叫做「失形」。指的是折損原有姿態，讓韻味盡失之意。

破格是好事，但失形可就要不得了。

一直以來我都會讓剛加入的學生聽第六代三遊亭圓生[17]的落語，劇目中的「淀五郎」跟「中村仲藏」雖然講述的是歌舞伎演員的故事，但內容幾乎根本就是作家的經驗談。這兩個劇目相當有趣，讀者們也不妨找來聽聽看。

淀五郎是失形的象徵，他雖然有才華，但背後卻沒有靠山。某天他突然被拔擢為主角，內心為此歡喜不已，沾沾自喜的他因此疏於排練，忘卻了「形式」。

而有恩於淀五郎的中村仲藏則是一名出眾的歌舞伎演員，是破格的象徵。年輕時的他只要有空檔就會觀察前輩的演技、加以仿效，內化成自己的東西，甚至還會在其中添加新意，突破框架。因此即便他並非出身演員世家，依舊成為了享譽天下的知名演員。

正因有框架存在，才有所謂的破格。

而寫作者首先必須銘記在心的框架便是「起承轉合」。

起承轉合最初是漢詩的創作準則，《明鏡國語辭典》中記載道：「以『起』提起詩意，以『承』來承接，以『轉』加以變化發展，以『合』為整體作結。」

這裡我們**姑且先將「起」視為是誘發關注的手段**。由於我們的目標是在三行內打動人心，因此有必要了解，而第1發的內容便可看作是「起」的解說。

在「承」處作結的報章報導

「承」是針對「起」所做的說明。讓我再說得仔細點，作為「起」的幾句話必須帶給人驚豔感對吧，然而一篇文章中究竟想傳達些什麼，則必須透過緊隨其後而來的「承」來簡潔地說明。也就是**誰在何時、何地做了些什麼**。

「承」必須扼要地說明時間、地點、登場人物、事件，這便是5W1H。「when, where, who, what, why, how」。只要掌握住這一點即可。

解說到此結束。

我沒騙人，而且也沒偷工減料。報章雜誌的文章都是在「承」作結的。新聞業就是這麼一回事。「journal」這個字原本就是意味著日記、工作日報，而當中只要記載了5W1H就沒問題[18]。記者或是撰文者的感想是多餘的，只需抽離地陳述事實即可。

17 一九〇〇年出生於大阪，日後活躍於東京，是日本昭和落語界最具代表性的落語家之一。

18 「新聞業」一詞在原文中為「ジャーナリズム」（journalism），因此後文中才會出現關於「journal」的解說。

我想讀者只要仔細閱讀就會發現，**無論是報紙或雜誌，又或者是篇幅較長的專題報導，絕大多數都收尾於「承」**。不過這也是因為記者們沒有接受過關於「轉」的寫作訓練，所以多少有些莫可奈何的成分在。

不過話說回來，這種以「承」收尾的新聞或是專題報導所被人重視的時代或許已然告終。我的意思不在評斷好壞，雖然真要說的話當然不是一件好事。

而就現實層面來看，站在抽離的立場單純地傳達5W1H的文章，今後或許永遠找不回其價值了。無庸置疑地，這是因為網際網路的發達所帶來的影響。

雖然大型的新聞網站必須花錢來傳播新聞與雜誌報導，但社群網站可不是這麼一回事。很多人在社群網站上會將雜誌內容或是報導原封不動地轉載，又或者是拍照後上傳，仔細想想這種形同於小偷的行為，大家應該不陌生吧。我本身就受害過好幾次。

儘管我也會質疑這些人難道不會感到過意不去，但我要再度重申，這種現象無關乎好壞，而是一股勢不可當的趨勢。人就是這種狡詐的生物。

「轉」的時代——唯獨我才寫得出來的內容是所向披靡的

所以說，當今是「轉」的時代。可以發展至「轉」的作家勢必得以存活下去。不過當然，管你能不能將文章推展至「轉」的階段，創作內容一樣會被拍下來、一樣會被轉載，這點是不會變的。

然而，只要有能力將文章推展至「轉」，即便受害依舊會有工作上門。**能將文章推展到「轉」這件事，換言之代表的是「具有思考能力」**。

現代是ＡＩ（人工智慧）逐漸取代人工的時代，寫作者的工作也不例外，比方說運動賽事的評論文章，只要善用計分紀錄，ＡＩ也能寫出像樣的文章，而且還不像出自人手的文章會出錯。

但是ＡＩ卻無法將文章推展至「轉」。不對，不僅僅是ＡＩ，應該說撇開自身以外的寫作者，是任誰都寫不出來的。**自己筆下的「轉」，唯有自身才能寫就**，這點是最重要的。

「轉」如同其字面意思，有轉動的意思。以「起」帶出開頭，以「承」來概略說明事態，以及自己是如何觀察這樣的事態。透過這樣的內容讓讀者的思考可以轉動，顛覆讀者的常識。將內容帶向讀者始料未及的方向，去誘拐讀者。

又或者是讓自身轉動。別出心裁的遣詞用字、不像樣的文章，不管是什麼方式都好，秀出你的把戲，讓自己轉動起來。

無論是文章本身也好，或是觀察的切入點也可以，透過其中的某一項讓人倍感出其不意。當然精彩的後空翻是最理想，但精彩的後空翻不是每次都能順利使出的把戲是吧。既然如此，那麼翻筋斗也可以。藉由文章或是觀察的切入點帶給讀者一些看頭。這是對於願意將文章讀下去的讀者的奉獻精神表現。

只要能順利轉動，**「結」（也就是結論）便會自然而然浮現**。你的手指將不聽使喚地動起來，自動寫下去。我便是如此指導聚集於我家中的年輕學生。

STEP 言語化能促進個人的進化

在此，我應該察覺到身為老師的自己其實未能盡到職責。

不管是文章也好、還是觀察的切入點，必須透過其中一方設法轉動起來，哪怕只是翻筋斗也好。

我所傳授的始終是這樣的概念。然而，我的學生們在之後所寫出的報導或是專欄文章卻是毫無長進，那是因為我並不曉得他們其實搞不懂何謂「翻筋斗」。寫作就跟運動一樣，是很難去向他人說明自己是如何學會某項招數。當中又數基礎的技巧是最難說明的。

「將高速飛來的球用力擊出去」，這種教法大概也只有天才長嶋茂雄才學得起來。像我們這些凡夫俗子，就必須將「高速飛來」跟「用力擊出」加以拆解，並轉化為大腦所能理解的語言。而**透過這種言語化的過程，同時也能加深自身的理解**，自身的強項也因而得以進一步提升。

為什麼我會願意無償地對其他報社的記者、攝影師或自由作家授課？除了因為我很欣賞肯努力的年輕人，更重要的一點是，我可以透過指導他人的過程來學習。就連這本書也是出於這個理由而撰寫的。

在此，我想將讓讀者的思考「轉動」的方法，以及透過觀察的切入點來讓人感到驚豔的方法，稍加技術性地言語化。

入門者或是中級寫作者只要學會五種「轉」的應用方法便綽綽有餘，分別是**①古今②中外③逆向操作④正向操作⑤脫臼**，這五種應用法。

轉①強化古今的觀點——AI所無法企及的領域

轉①如同字面上的意思，指的是拉長時間縱軸來思考。**盡其所能追溯至遠古，去**

考察筆下的事件在過去是呈現什麼樣貌。明治跟大正時代當然是不在話下，還要更進一步去追查平安時代跟飛鳥時代的情況。必須下定決心查出最久遠的文獻，多方涉獵。

以前我曾撰寫過一篇標題為〈年輕人日漸疏遠的休閒娛樂——海水浴〉這樣的報導。疏遠海水浴的不單是女性，就連男性也開始在意被曬黑。受到少子化的影響，一家人攜家帶眷出遊的訪客整體來說也減少許多。除了讓身體濕黏的海水、噁心的海蟑螂之外，以高分貝播放音樂、看似混混並占據了沙灘的年輕人變多這一點也讓人卻步。一般報紙的報導多半會結束於此，就報導一手資訊的內容來說，就此停筆並沒有什麼大問題。不過，這樣的報導ＡＩ也寫得出來。休閒娛樂的多元化？這樣的事實在採訪前早就心知肚明了。

此時應該強化古今的視點。追根究柢來說，「海水浴」這個詞彙誕生於什麼時代？日本第一個下海游泳的人又是誰？最先開幕的海水浴場又位於何處？

截至江戶時代為止，日本人並沒有海水浴的習慣，而最初下海游泳的是一位西方人醫生，他以健康療法的觀點推薦日本人海水浴，海水浴於是在明治時期的居留外國人和日本的上流階級間普傳開來。前述這些資訊不需耗費太大的心力便可查找到。

在夏目漱石的小說《心》當中，男主角跟老師便是相識於鎌倉的海水浴場。老師隨同一名外國人前往海水浴場，光是這樣的描寫就足以推斷出老師的社會階層以及知識水準。海水浴在文中所達成的便是這樣的功能。

海水浴其實是相當新穎、自外國所引介至日本的一項健康法，海水浴場也是上流社會的社交場合。若能以這樣的事實為切入點來思考「日本人的休閒娛樂史」的話，或多或少（雖然程度不大）能為這篇報導增添些許色彩。

轉②拓展中外——善用全集

這項方法也不外乎字面上的意思，就是放寬空間橫軸來思考。

前大阪市長橋下徹曾強制要求市政府員工回答是否有刺青，當時絕大多數的新聞媒體都是以侵犯隱私的觀點聚焦於此一事件。

這樣的觀點固然重要，但就我這種在一手報導問世後再進行後續報導的寫作者來說，必須要能提供不同的觀點。

這個方法或許不難聯想到，當時我決定調查日本以外的國家是如何看待刺青的。

刺青雖然給人黑道幫派的印象，但其實在過去，刺青曾於歐洲皇室之間掀起一股熱潮，甚至還有貴族不遠千里地將刺青師從日本請來幫他們刺青。這樣的資訊只要稍加搜尋便能查到。

因此，報導中該主張的並非「允許公務人員刺青」，而是去揭示在文化包容的面向上，並不存在有「絕對」這樣的觀點即可。

撼動。

不管是寫作者或是音樂人也好，畫家或演員也罷，創作者至高無上的目標就是「撼動社會」。

想拓展①的時間縱軸跟②的空間橫軸，最有效的辦法不是利用網路。**網路上找得到的資訊是無法被轉化為「轉」的，所應該使用的工具是全集。**尤其以柳田國男、南方熊楠、折口信夫這三位知識巨人的全集為必要配件。岩波書店所出版的夏目漱石全集也不可或缺。若是行有餘力，最好也要參照明治文學全集（筑摩書房出版）。

這幾部全集最大的特徵就是索引相當齊全，可透過主題索引來搜尋比方像「海水浴」、「海水浴場」、「游泳」或是「刺青」、「紋身」、「幫派」這樣的項目。

不過可千萬別誤會「轉」的答案就刊載於其中。利用全集調查不過是確認自己眼前的課題，在知識巨人的腦袋中是如何被認知的而已。如此一來隧道的盡頭將出現一絲光明，該前往的轉動方向也會隨之浮現。**全集不會告訴你答案，但它能提示你可以如何思考、該往何處轉動。**

上述幾部全集是任何一間圖書館都看得到的基礎文獻，查找文獻雖然既花時間也費力，但恪守這項準則的作家跟不以為然的作家，兩者之間所拉開的差距將會是天壤之別。

想挖一個深洞時該怎麼辦？是盡可能以小口徑專心致志地努力向下挖嗎？不對，若是採取這樣的挖法，要不了多久就會宣告投降。想要挖出深洞，就必須擴大口徑。若想挖深，就非得同時挖廣不可。

轉③逆向操作——單單跟輿論唱反調的深度是不足的

這個方法很簡單，任誰都能一試，就是朝輿論的反方向操作。

藝人的吸毒醜聞或外遇爆開後，演藝生涯一不小心就會宣告終結。而我這個門外漢也曾陷入撰寫這類報導的難題中。當時我採取的是逆向思考的方法。

毒品跟外遇當真就那麼糟糕嗎？

當然我的意思不是要鼓吹吸毒，只是吸毒跟外遇為何會被如此大加撻伐？這樣的現象難道不會顯得很不自然嗎？我試著像這樣將問題反向設定。

過去有不少藝人吸毒，其中也不乏像勝新太郎[19]這種被逮捕後依舊能現身電視廣告中的人物。

那是因為勝新太郎是與眾不同的大咖……這樣的論點或許沒錯，卻一點都不有趣。會不會其實是因為這個社會改變了？有可能是這個社會已經不再需要藝人了。憑著演藝實力在魔界求生的藝人已經蕩然無存。剩下的只是在照明亮晃晃的談話性節目中評論，又或是在電視購物節目中推薦產品，既無害也無毒的「知名人」而已。藝人靠的不是演藝能力，而是知名度在吃飯。

那麼讓知名度得以成立的現代社會又有著什麼樣的特質？其一是邁入末期的資本主義，再者是網路的複製文化（朝日新聞〈在倫理束縛下消失的藝人〉二〇一九年五月十四日晨報）。

思考脈絡發展至此，總算是理出了逆向思考的寫作眉目。以藝人的吸毒與外遇醜聞為引子，將主題帶向資本主義與資訊社會的終焉。

轉④正向操作——跟輿論站在同一邊並不容易

正向操作，**恰如其字面上的意思，就是思考時不要拐彎抹角，試著提出與輿論相同的主張**。

生活也是如此的話會很輕鬆，但就文章的「轉」來說，可是比逆向操作要來得難的高超技巧。

舉辦於二〇一九年夏天的參議院選舉一點熱度也沒有，辯論既不熱絡，世人對選戰的關注更是創史上新低。

我在投票前接到撰稿的委託，當時我所採用的正向操作是「對選舉漠不關心有什麼不對？」。

我並非意在主張不要去關心選舉。對於選舉的漠不關切意味著民主主義的死亡，這點是眾所周知的。

方才我使用了「眾所周知」這個字眼。既然是眾所周知的事實，那連提都不用提。應該說就算提了，力道也顯得薄弱。像這種眾所周知的命題氾濫於報章雜誌、電視與網路中。比方說：

民主主義至關重要。

和平無可取代。

19 一九三一年生於東京的日本著名演員，以電影《座頭市》系列中的「盲俠」角色而聞名。

歧視不可取。

這些**無庸置疑的命題或許再真實也不過，但卻沒有力道**，無法激發讀者的共鳴，只讓人覺得無聊。是就算寫了也沒有意義的內容。

此時便是正向操作派上用場的時機。我知道選舉很重要，也不滿意當前的執政作為，但就算自己一個人投了票，也無法扭轉大局，所以沒有意義。更重要的是投票很麻煩。

姑且先「如實」接受輿論中這種「真心話」，跟絕大多數的人站在同一陣線上。反正選舉「沒有意義」，那倒不如就「隨機」地用抽籤方式來選出議員。古今中外難道沒有這樣的例子嗎？選舉就算消失了也無所謂。民主主義會因為選舉消失了而蕩然無存嗎？（朝日新聞〈「選舉無意義」當真如此？〉二〇一九年七月十七日晨報）

我在前面寫到正向操作比逆向操作還要難，那是因為**正向操作技法中若是不存在反諷的話就寫不下去**。反諷雖然意味著挖苦、拐彎抹角地嘲笑、說反話，但我這裡所指的反諷是蘇格拉底的懷疑式反詰。化身為一個無知的人，並在擺出一副無所不知的表情、以為這世界不就這麼一回事、**名為社會的「智者」面前，以無知者的身分提問**。

將社會看作是哲學家（老師），反覆向他詰問。你所言不假是吧，從這個邏輯出發的話，是不是意味著……這跟「使盡渾身解數只求博君一笑」的伎倆是如出一轍的。

轉⑤脫臼——以幽默為推力

只要習得古今、中外、逆向操作、正向操作這四項方法，對入門跟中階的寫作者來說便綽綽有餘了。若是要再多奉送一項方法的話，脫臼會是個不錯的技法。

脫臼法指的是「攻擊膝蓋讓人軟腳」，也就是**改變話題**，展開另一段毫無關係的內容。

以前我曾針對《巨人之星[20]》這部卡通的主題曲寫過一篇長文。這部卡通的主題曲相當有名，一開頭唱道「下定決心踏上這條充滿考驗的道路」，但卻有很多人誤以為是「沉重的整地手推滾筒．充滿考驗的道路」[21]，這個哏我在文章中使用了好幾次。

20 原作者為梶原一騎，由川崎伸作畫的日本棒球漫畫作品，內容描述主角星飛雄馬在父親的斯巴達式訓練下，通過不斷的磨練成長為棒球界中以超高速球聞名的投手，並以「巨人隊的明星」為目標而努力。

21 原文為「思いこんだら試練の道を」（下定決心踏上考驗的道路），而這句話中的「思いこんだら」跟球場整地用的沉重手推滾筒（重いコンダラ）的發音剛好相同。

就常理來說，撰寫文章前應該會向作詞者確認，並將當時熱血運動類型的卡通風潮作為主題書寫，而我也是採取這樣的切入點寫的，但寫到「轉」處時，方向就開始漸漸失控了。

其他廣為人知的誤會也不少。「穿著紅鞋的女孩被曾祖父給帶走[22]」、「有著美味兔子的那座山[23]」、「既是藍色也是白色的蟲鳴[24]」……

人為什麼會聽錯呢？日本人的誤聽中是否存在共通點？誤聽者的潛意識又是怎麼一回事？

當時我煞有介事地採訪了精神醫學專家跟語言學家，獲得了他們正經八百的回覆。這篇報導獲得了相當罕見的迴響，而這些迴響提到的幾乎都是「讀了這篇報導大爆笑」（朝日新聞〈沉重的整地手推滾筒・充滿考驗的道路〉二〇一六年十一月五日刊行）。

我在這篇文章背離原本的寫作方向，逐漸脫軌。此時重要的是別讓「乘客」發現脫軌這件事。而要達成這項目的，所需要的便是幽默。

即便內容跟主題無關，但之所以不會讓人言不及義，是因為其中有著幽默存在的關係。那幽默既非哄堂大笑也非嘲笑，更不是苦笑，而是既隨和又放鬆、為生活帶來鼓勵的微笑。

適逢喜怒哀樂時，人可能會豎眉、破顏一笑，或是眼眶濕潤，而微笑則是位於這幾個表情所構成的三角形的中點上。最為放鬆的表情便是微笑。

這種微笑背後的幽默，正是人之所以為人的理由，也是人類最強大的內心狀態。最為強大的是幽默（微笑），而非反諷（挖苦）或是風趣（機智）。

「轉」帶出「合」

最後讓我再針對一點說明。

「轉」必須年年有所進化與深化。說穿了，**「轉」的目在於強化問題的深度**，沒有什麼是比這一點更重要的。「轉」是自己腦袋中最為嶄新的想法，是未曾有人提出過的觀察視點。持續向下挖掘、深化提問內容，敲鑿至岩床。不過，所敲鑿至的岩床，也應該要隨著年齡越來越深才行。

22 日本童謠〈紅鞋〉（赤い靴）中的歌詞，正確意思應為「穿著紅鞋的女孩被外國人帶走」。
23 日本童謠〈故鄉〉的起頭第一句歌詞，正確意思應為「在兔子身後追趕的那座山」。
24 日本童謠〈蟲鳴〉（虫の声）中的歌詞，正確意思應為「哇，真是有趣的蟲鳴」。

使出輕微的力道去撞擊大鐘是不會發出聲響的，大鐘一動也不會動。但只要使勁撞擊，鐘便會發出巨大聲響，因此敲鐘的自己必須要夠結實、必須要夠有力氣。「轉」之所以無法引發共鳴，是因為自己敲撞的力道過小，又或者是那口鐘太小。讓鐘聲響徹雲霄，而「轉」便是鐘聲。

話說回來，起承轉合的「合」究竟該怎麼寫才好？

在「合」當中該寫的，是絞盡腦汁後得到的「轉」所指向的內容。在動筆寫作前，結論並不「存在」。動筆前就連自己都無從知曉的內容，會在書寫過程中自指間浮現。

在動筆前，就連自己都不曉得結論為何，這便是寫作這項行為的精髓所在。

結論不是理所當然必定存在的。結論是鐘響後，迴盪於山間的回音。

第7發 獲得共鳴的技巧

——引發共鳴的文章是不加以說明的文章。

HOP

強加於人的情緒是無法引發共鳴的

平時我都是在山間生活，過著追趕野豬跟野鹿的日子，偶爾下山時，總是特別想造訪電影院或劇場。

遠離首都過上一段日子後，東京就成了影痴的垂涎之地。播放經典電影的電影院接二連三開張，每天上映外國或是日本的老電影，就連平日的白天都可見到出現人潮的盛況。

我特別不會錯過的是默片，就現代的電影技術而言，默片無論是布景、燈光還是音響，不過是形同玩具一般的水準。特殊效果好似小朋友的扮家家酒遊戲，對於平時只觀賞CG或是科幻電影的現代觀眾來說，或許是不忍卒睹。

不過默片卻可以透過這種玩具般的技術來撼動人心。

在《生活不是很美好嗎？》（Isn't Life Wonderful）（大衛·格里菲斯執導）這部片中，充滿了貧窮、歧視和暴力這些「一點都不美好」的要素，在讓人倍感絕望的最後一幕中，女主角臉上浮現了迷人的笑容。

「你跟我不都像這樣還好好地活著嗎？」女主角謙和地浮出笑容。

那是暗藏於人類尊嚴最底層的微笑。

《間諜》（Spione）（弗里茨·朗執導）這部電影中描述了大受孩童歡迎的小丑其實是個冷血殘酷的殺手，在最後一幕當中，小丑臉上也同樣綻開了笑容。他的笑容則是看透了人類黑暗面的深處，對於這個世界的嘲笑。

這樣的「笑容」或許是時下的演員所無法呈現出的表情，因為他們太仰賴技術的存在了。他們的笑容是透過音樂和照明以及煞有介事的布景，時不時再配上特殊效果所建構出來的。那樣的笑是皮笑肉不笑。

默片時代的知名女演員也曾於電影導演比利・懷德的經典作品《紅樓金粉（日落大道）》中感嘆道「進入有聲時代後，電影就不行了」。

對於喜愛小津安二郎作品的觀眾來說，現代的電視劇根本就不忍卒睹，惱人到不行。這裡是哭點、那裡是感動的場景、看到這一幕應該要大為惱火，情緒透過畫面被強加而來。演員們浮誇的演技、運鏡手法、音樂和照明，在在都攻勢驚人。

引發共鳴的文章憑藉的是場景的描述

我之所以會拉拉雜雜地用這麼多篇幅來談電影，是因為前述內容也能直接套用於文章的關係。劇本般的舞台指示很煩人，強加於人的情緒只會讓人感到掃興。

報章雜誌或是電視字幕上經常可見到「〇〇〇憤慨地……」或「……這麼說道，眼眶泛淚」。如果記者再多加把勁撰寫的話，可以見到「控制不住情緒、渾身發抖」、「飲恨吞聲」。垂頭喪氣、紅了眼眶，即便如此還是積極邁向明天。

換作是電視劇的話，此時便是背景音樂的聲響被放大的時間點；以文章來說，就是寫作者去提醒讀者，告訴他們這處該生氣、那裡是哭點。這是很要不得的。將手貼在額頭上說道「這裡該笑呀」的，是第一代林家三平[25]老師才享有的專利。畢竟他是開啟這套表演方式的先河。

我們萬萬不可藉由文章來說明感情。會在文章中使用（笑）的作家是最不入流的。寫作者若是試圖採用恍若劇本的舞台指導內容來寫作的話，那既是怠慢，同時也是傲慢。如果讀者在閱讀時無法真情流露地憤怒、哭泣、發笑的話，筆下的這篇文章就沒有意義了。寫了也只是惹人嫌而已。

我們必須學會「不加以說明的技巧」。

讓我換個方式來解釋吧。

不要去「論述」，而是讓「事件」說話。也就是**讓場景發聲**。

以前我曾經有一陣子很認真地跑政治新聞，對我來說就像是打電動一樣，當時相當沉迷於這份工作。在教育訓練結束後，我以報社記者身分首度被分派到的工作地點是川崎市，適逢市長選舉時，我每天早晚都得登門拜訪相關人士，進行採訪。採訪對象有國會議員、縣市議員、工會的高層人物、經濟界的大人物等，並在此過程中一步步釐清複雜的人際關係圖。而我將採訪內容匯集於名為「夜巡帳」的筆記本中，其數量高達十本以上。當時我知道自己是毫無保留地努力採訪，所以也相當有自信。

當時，有兩位在東京跑政治新聞的資深記者前來支援。其中一位是政治線記者中以文筆出眾而廣為人知的人物。我將資訊提供給他、撰寫初稿，再請他過目校正。

每次跟這位前輩開會時，他總是會問我「**沒有場景的描述嗎？**」當時保守派和改革派呈現對抗的局面，而改革派和中立派是否能團結一致共同對抗自民黨的候選人，成為備受矚目的焦點。部分黨派對共產黨相當感冒，其動向也成為左右大局的關鍵。

聯手抗爭的形勢一觸即發，當前輩問到我有沒有這樣的場面時，我取出了我的採訪筆記，向前輩說明這天晚上採訪某人時他說了這些、另一個人又說了那些。

但前輩卻回說：「我不是這個意思。」他說道，我不是這個意思，我的意思是沒有場景的描述嗎？

當時我有好一陣子一直搞不懂他這話是什麼意思，而我的原稿也幾乎總是被他改得面目全非。開始在社會版的版面刊登連載文章後，我還是無法釐清他話中的意思。「場景的描述到底是什麼？」我所認知到的是，自己已經如實提供了採訪時所獲得的資訊。

25 出生於一九二五年，以有別於傳統的嶄新「三平落語」博得廣大人氣，在世時創造不少流行語，被譽為是爆笑王的落語家。

就這樣，之後我有好幾年一直不懂他話中的意思。後來部分黨派對於共產黨雖然相當感冒，卻試圖克服這樣的心理障礙，企圖拉近與共產黨之間的距離。我於是想將這樣的現象藉由活靈活現的行為舉止來傳達，而非透過政治家或工會高層的發言來說明。會議上的聲調、握手的方式、視線，什麼都好，哪怕是再微小的舉動我都不放過。換句話說，就是「讓場景發聲」。

現在回想起來，前輩所指的大概就是這麼一回事吧。

不去加以說明就是這麼一回事。

描述生氣的人不要去寫「他在生氣」；描述懊惱的人不要去寫「他悔恨不已」。**應該是要去挖掘出讓讀者察覺到這個人正在生氣或懊惱不已的場景**。應該要去描述的是事件。

但也不是去使用「氣到渾身發抖」或是「垂頭喪氣」這種一般慣用的描述（第4發）。基本上真正生氣、懊惱的人是不會渾身發抖或是垂頭的。

瞪大眼睛去搜尋所有微小的動作、聲調、表情的變化，去感受空氣中細微的流動。這種敏銳的感受能力跟無聲電影中無須言語便可讓人心領神會的演技是相通的。那是看穿這個世界的大笑、殘留於人類尊嚴最深處的微笑。

務必去搜尋出來。

有些人可能聽不懂笑話，所以保險起見我還是說明一下，眼睛是不可能變成盤子的[26]。不實事求是的馬虎眼跟謊話是沒有兩樣的。

STEP

描寫場景時的重點只有一個

場景該怎麼描寫才好？答案只有一個。

運用你的五感。運用五感來感知這個世界。

採訪容易偏重視覺，採訪時會睜大眼睛，不放過眼前任何的細節。當然這麼做是必要的，卻不完整。光是觀察是不夠的。

去觀察，並且如實地描寫。

26 原文為「目を皿のようにする」，直譯為讓眼睛化為盤子，意為瞪大眼睛，出現於前一段落文中。

創作時最要緊的就是「如實地描寫」，僅此而已。若是風車看起來像惡魔，那就應該毫不遲疑地描寫為惡魔。若風車看起來就是風車而已，那就單純地描寫風車即可。有些作家很傻，風車在他們眼中看起來明明就是風車，但他們卻誤以為不將風車描寫成惡魔就不夠「藝術」，於是運用各種馬上就能被識破的技法，自以為浪漫地裝模作樣，這樣的作家，就算耗上一輩子都無法開竅。

（〈嫌棄藝術〉太宰治）

我目前手上有一個為全國性報紙所撰寫的連載專欄「身穿夏威夷衫打獵去」，而主要的登場人物中有一個名為「辣妹原」的角色。這個辣妹原是一名真實存在的年輕女記者，她人如其名，是個可以輕鬆吃下三大碗公飯的大胃王，而且她比男性要來得更能幹、相當熱中於工作，不過卻也是個不會多加深思、不具思想的人。

有一次我寫到自己召集了包含辣妹原在內的學生們，宰殺落入陷阱中的小鹿的情景。持刀捅向幼小可愛的小鹿，加以屠殺。在場的男性們都吃驚不已，一句話都說不出來。以下內容是文章中最精彩之處，同時也是相當嚴肅的場面。

「垂死之際。獵物發出了新聞記者會想以文字記述下來的哀號，嚥下了最後一口氣。（中略）男性們嚇得臉色發青，一句話都說不出來。唯有大胃王辣妹原臉上掛著好似在想著『自己不曉得能分到幾公斤』、不具思想性的笑容，忙著收拾鉗子跟鐵絲等工具，跑上跑下。」

我在初稿階段應該寫的是「笑盈盈地堆著滿面笑容」這樣的敘述。「笑容滿面」是約定俗成的形容用語（第4發），「盈盈」則是擬態語（第5發），用了都不好。

而且更重要的是，這樣的描述並不如實。當時辣妹原的笑容光用勇氣十足來形容都不夠。那是對於掠取其他生物的性命來延續自身生命一事絲毫不感愧疚、極為現實同時不帶感傷，單純對於生平第一次所體驗到的勞動感到興奮而已的微笑，是極具膽識、興致勃勃，且不具思想的微笑。

在現場指揮大局的我，覺得非得描寫下這個笑容不可，而這段文字便是我在竭盡所能如實書寫的情況下，將自己眼中景象呈現出來的描寫。

風車若是看起來像惡魔，那就不要遲疑，去描寫惡魔。「如實描寫」。僅此而已。

不只是仰賴視覺——內田百閒全面啟動的五感

雖然文章不免俗地會偏向視覺，但寫作者應該要保持所有感官的敏銳度。聲音、氣味、觸感，有時甚至是要去嘗味道，去舔舔看。

我曾在紐約住過一陣子，那時我造訪了全美四十三州、二百座城鎮，正確來說，我當時並未瘋狂地採訪，而是瘋狂地玩樂。

每當踏上人生地不熟的土地，晚上我總是會避開觀光客喜歡造訪的餐廳，而是上當地居民才會去的地方酒吧喝酒。在你踏入一間酒吧的瞬間，最先會注意到的是什麼？以我來說，一定是音樂。我會去注意背景所播放的是怎麼樣的音樂，是搖滾樂？鄉村音樂？還是黑人樂？如果是黑人樂的話，那又是幾〇年代的靈魂樂、藍調或是R＆B？

撰寫文章時，只要寫下在那個場景中所流瀉的音樂，就足以傳達那塊土地的歷史背景、客層、人種、年收，甚至是概略的政治傾向。土地與人跟音樂之間是有著強烈的連結的。美洲大陸就是這麼樣的一個地方。

內田百閒[27]曾寫過一篇名為〈山高帽子〉的短篇小說，男主角是學校老師，他因為與人產生金錢上的糾紛而身處絕境，身旁友人擔心他可能會自殺，他看上去也好似有心病。不過當事人其實出乎意料地沒有想太多，他順利避開了上門討債的人，並擅自曠職，在中國地區[28]浪蕩了兩個月左右。

雖然多多少少知道自己沒有誠實面對自己，卻絲毫未曾想過要自殺，而自身的情緒也無法與外界順利接軌，當時只覺得一切都漠不相關。

不過那段期間的某天晚上，我散步到伯耆[29]的米子的鎮外去，昏暗的道路旁不期然地傳來始料未及的海浪聲。因為是不熟悉的土地，在海浪的碎沫濺過來以前，我一直以為海浪聲是從反方向傳來，這讓我想起了海浪聲自腳下傳來的那段往事。

他就只差那麼一步就要投身入海了。若是拿落語來說的話，就是站在松樹下那個存在感薄弱、死氣沉沉、臉色蒼白的男子吧（〈死神〉[30]）。

27 日本小說家、散文作家。曾師事夏目漱石，文筆幽默，並善於描寫充滿想像力的奇幻內容。
28 是日本本州島最西部地區的合稱，包含現今的鳥取縣、島根縣、岡山縣、廣島縣、山口縣等五縣。
29 現鳥取縣的中部及西部，古名伯耆國。
30 落語的經典劇目。

讓人彷彿被迎頭澆灌冷水、教人直打寒顫的文章，首先是透過「聽覺」來呈現的。轟隆的海浪聲伴隨著洶湧的日本海，從遠方的黑暗海水中傳來。文章中也不乏「觸覺」的描寫。噴濺至臉上的冰冷海浪碎沫把人給拉回現實，於是將步伐向後退了一步。「嗅覺」跟「味覺」也滲透於文章中。在恢復理智後所聞到的海水味、海浪碎沫噴濺至臉上時所嘗到的鹹味。就在那臨門之際，將步履停留於現世。

月亮泛著透明般的藍光。

寫作者必須徹底提升五感的敏銳度。運用五感來感知想寫的內容、緊接著要動筆撰寫的內容。「淚光閃爍的雙眸（眼眶泛淚）」跟「怒氣下顫動的嘴唇（怒不可遏）」都不是正確的文章。那是其他人筆下既有的五感。

別將你的五感託付給他人。對於寫作者來說，重要的是對於正確性近乎偏執的講究。

第三章

寫作者的準則

第8發

成為一位寫作者

——人人都能是寫作者，但為何並非人人均為寫作者？

HOP

別去討安慰——文豪們的自我推銷與決心

別看我這副德性，我過去可是一手培育了好幾位自由作家。說培育聽起來可能有吹噓的意味在，但若是將沒有相關職場經驗的學生也算進去的話，我可是曾幫助將近十人的徹頭徹尾門外漢踏上自由作家的道路，所以多少也讓我提一下。

夢想成為寫作者的人總有一定的程度，而我最常被問到的就是：「該怎麼做才能成為寫作者？」我的答案永遠只有這麼一個。

只要去實踐寫作者會做的事，就能成為寫作者。

這可不是玩笑話。

只要去做寫作者會做的事，就能成為寫作者。去撰寫報導，寫完後把它拿到報社的編輯部門，上門推銷自己。我將這樣的行為稱作是「沿街叫賣」。背上你的原稿，前往願意購買的人身邊、沿街叫賣。過去經常可見郊區務農的阿桑背上擔負著蔬菜，前往東京市區內熟客的住處沿街叫賣的身影。寫作者也是如此。不對，應該說寫作者也理所當然該是如此。

公職中並沒有寫作者這項職缺，所以必須自己印製名片、放上「寫作者」這樣的頭銜，去造訪雜誌、書籍或是網路媒體等各家公司的編輯部門。

任職於報社跟出版社的記者其實也是大同小異。我經常碰到記者來向我請益，當中有不少人會說出「主管總是不讓我寫想寫的內容；自己的文章總是沒能獲得採用」這樣的喪氣話。我的回覆或許稍嫌嚴厲，但我總是回答「這個業界沒有你想像中的那麼好混」。

即便是在公司內也得叫賣。如果所寫的內容未能在所屬部門獲得採用的話，那就把自己的企劃案推薦給其他部門或其他版面。**只要企劃內容夠有趣、採訪內容確實、文章通順的話，必定會受到賞識的**。如果公司內部沒有人賞臉的話，那就走向外頭。稿費的多寡固然是個問題，但只要誠意十足、文章內容足夠有趣，肯定會有賞識自己的地方的。這個社會便是如此。

就連太宰治跟契訶夫還有普魯斯特也都曾這樣到處叫賣過，因此對於我們這些凡人來說，這是再理所當然不過的。

「必須去寫，而且必須持續地寫下去。」
「一個人究竟是如何成為作家的？（中略）絕對不能失去對於自身作品的信心，耐心地堅持寫下去便可成為作家。」

（《文盲》雅歌塔・克里斯多夫）

雅歌塔・克里斯多夫是一位遠離故國匈牙利、亡命他鄉的作家，她學會法文，並使用對於自身來說是外語的法文來創作小說。**跟克里斯多夫的決心相形之下，我們所說出的每一句喪氣話，不過都是為了討人安慰而已**。

想成為作家就去創作，想成為寫作者就去撰寫報導。只要持續不斷創作，就是作家；只要持續不斷產出報導，就是寫作者。但一旦停筆了，就意味著作家的死亡。

維繫世俗的牽絆，但切勿被世俗牽著鼻子走

森鷗外終其一生是政府官員，他身為陸軍軍醫總監，一生中未曾因為方便傾注於寫作而辭去公務員工作，始終身兼二職。有段時期他疏於寫作，結果差點為文壇所遺忘。

時光流逝，我在往來於政府機關的期間，鬍鬚開始發白，也逐漸荒廢作為副業的創作工作。「森鷗外告別文壇」、「森鷗外的時代不再」，被人這樣寫過一兩次後，自己的存在不知不覺間變得可有可無，雖然健在卻被視為故人。偶爾翻看報紙時，上頭寫到某某某的時代是這樣的景況，自己的名字也赫然出現其中。

（〈大發現〉森鷗外）

只要銷聲匿跡一段時間，就會被視為文壇故人。之後即便有機會發表文章，則是會慘遭忽略。其他人筆下好似夢話般的作品都能博得好評，唯獨自己的作品像是遭到針對一般，完全沒有迴響，慘遭無視。

就連森鷗外也曾有過這樣的經驗。我們就算被世人遺忘、慘遭無視、被冷嘲熱諷，或是被人擅自宣告死亡，說「那傢伙已經混不下去了」，那又如何？

所謂的世人，就是這麼一回事。而避開世人是無法產出文字的。**斬斷俗世牽絆的人，不是捨棄世人的人，而是為世人所放棄的人**。

寫作者跟作家是以世人、他人為對象在書寫的。即便這樣的行為像是將石頭丟入毫無聲響反應、宛如黑洞般的深井中，還是要孜孜不倦地持續將石頭投入。慢行者可行至千里。彷彿步行般、恍如呼吸般，今天也要健朗地持續寫下去，也要持續地將石頭投下去。

而這個世界上，總有某個人會聽到那顆石頭落下的聲音，只要那顆石頭是一顆真誠的石頭。日後也必定會有人找上門，詢問「要不要幫我們家寫點東西」？

這本書就是最好的例子。

STEP

樂在其中——即便得勉強自己

想成為寫作者，寫就對了。

但在這樣的前提下，問題是**該怎麼寫**？

關於企劃的方法我會在第14發的內容中說明，而這一節中我會先介紹兩個基礎的訓練方法來幫讀者們暖身。

其一是提升感受度。

想成為作家，換句話來說就必須提升感受度。

活在這個世上難免感到悲傷、憤怒，與此同時，卻也充滿著開心、讓人發笑的事。釋迦牟尼在臨終時留下「世界如此美麗，人生如此甘美」這樣的話語。這個世界是彩色的。

如果世界是黑白的、人生是無趣的，那麼問題出在你的身上，不是這個世界的問題。有問題的是你，是你的感受度不夠強。

強迫自己去努力、**去樂在生活**。對於寫作者而言，這樣離譜的一廂情願想法絕對是必需的。

歌舞伎在過去有段期間給人過時的印象、為一般民眾敬而遠之，但現在卻是廣受年輕女性歡迎，觀賞的門票一票難求。然而很多人雖然喜歡歌舞伎，卻不曾觀賞過淨瑠璃跟能劇[31]。

另外更別提長唄、常磐津、清元[32]，絕大多數人都毫無頭緒。但是長唄、常磐津、清元都各自有其愛好者存在，甚至大有學習這些技能的人在。這些人深知這些傳統藝術中有著自己未能理解的魅力，因此願意耗費時間與金錢學習。

落語的人氣始終不墜，然而卻有許多喜歡落語的人不曾聽過浪曲、講義或是說經節，這點相當奇怪。因為落語跟這些傳統藝術是彼此相互影響而發展出來的。

喜歡日本流行樂的年輕人，絕大多數從不聽西洋流行樂，這只能說是致命性的懶惰。不要說是喜歡音樂的人，對於靠文字吃飯的人來說，不聽爵士樂、拉丁樂、藍調、靈魂樂跟搖滾怎麼行呢？當然古典樂也是。

去多看、多聽、多讀，當然我不會叫你去喜愛這一切，那是辦不到的。但是，**去了解「這項藝術的魅力所在」是可能的。**

切莫輕言放棄——即便無法打從心底喜歡

我的處女作是一本名為《真搖滾》（三一書房出版）的書，是一部以日本的地下音樂為主題的著作。若是無法去欣賞並喜歡上硬核（Hardcore）樂團、死亡金屬（Death Metal）、鐵克諾（Techno），同時在某種程度上產生「理解」的認同心理，是寫不出音樂評論的。

而當中最為棘手的便是「噪音音樂」。噪音音樂正如其名所示，是噪音，其中沒有旋律、節奏與和弦可言。噪音「音樂」便是這種背離音樂形式的音樂類型。

我比一般人要來得喜歡音樂，所以才能將文章集結成冊出版，但對於音樂愛好者來說，去喜歡「背離音樂形式的音樂」的難度不低。不過即便如此，在小型的展演空間中依舊可見數名觀眾如痴如迷地欣賞噪音音樂，樂在其中。

這就表示噪音音樂中必定有其魅力所在，只是目前**我的感受能力還未能足以掌握而已**。

我意不在要讀者們去喜歡上噪音音樂，然而假設是想從事文章寫作的人、或是想靠寫作吃飯的人，就必須去理解其魅力所在。若是希望能在心中產生「原來它有這麼樣的

31 淨瑠璃是日本傳統的說唱敘事曲藝，通常使用三味線伴奏。能劇則是日本古典的舞台藝術，為佩戴面具演出的歌舞表演。
32「長唄」最初是誕生於江戶時代的歌舞伎伴奏音樂，日後發展為獨立的音樂類型；「常磐津」為淨琉璃音樂，曲調悠閒而穩重；「清元」也是淨琉璃音樂，其特徵是抒情、極富技巧性且細膩的高音。

魅力存在」的認同，並且向家人或朋友、身旁親近的人說明的話，就非文字化不可。

面對這世上所有的事件、有趣的現象時，非得提升自己的感受度不可，這種貪心的意念越強大越好。這個世上到處存在著目前自己無法掌握的魅力、無法透過文字形容的事物。深入探索。面對有趣的人事物，非得要極度地 greedy（貪婪）不可。

而重點在於，**這樣的「感受能力」是可以培養出來的**。要去喜歡上一件事，其實靠的也是練習。

培養提問的能力

第二項基礎練習是培養提問的能力。

只要能提出到位的問題，基本上就意味著採訪已告結束。而所謂好的問題，事前準備的重要性自然不在話下，但單憑如此是問不出好問題的。好問題通常是在採訪的現場突然冒出來的。

比方說要對剛推出新書的作者專訪，事先拜讀對方的著作自然不在話下，但**如果無法從對方身上問出這本書以外的內容，就是失敗的專訪**。因為這樣的話，一切都記載在書中了，根本無須這篇專訪報導，直接去讀那本書即可。

而作者本身如果回答不出自己筆下文字以外、自己過去未曾思索過的內容，那麼對於雙方來說都不過是浪費時間而已。

那麼究竟該怎麼做才能讓採訪的人以及接受採訪的人都能提出意料之外的發言呢？

徹底精讀採訪對象的著作、準備好精挑細選的問題，這樣的準備再理所當然不過。但這種精心準備的問題的答案，基本上都是可以預測的，這是必然的。無法預測答案的問題是愚蠢的問題，只代表提問者未經思索、功課做得不夠。

不過有時在提出做足功課、經過充分思考的謹慎問題時，對方的回答會跳脫採訪者的預期、出人意表；受訪者本人也會嚇一跳，他臉上的表情會闡述一切。對方會對從自己本人口中所吐出的話語感到詫異。

此時千萬**別放過那驚訝的瞬間**，那表示你挖到礦脈了。千萬別錯過那微小的聲響。

寫作者的使命便是捕捉住眼前這個對象以外的任何一個人都無法道出的話語。

你儂我儂的專訪難以卒睹

受訪者在那個當下也會察覺到自己說出了一些不太對勁的話，為此感到詫異。此時，採訪者的工作便是乘勝追擊，**緊接著射出第二支箭跟第三支箭**。聽到十字鍬觸挖到礦脈的聲音時，就要持續往下挖，反覆地向下深挖。

但如果只是重複相同的問題只會帶來反效果，好不容易被召喚出來、任誰都沒有預料到的答案就會縮回去。

如果想問同樣的問題，那麼就必須改變提問的方式。受訪者在聽到內容不同的問題時，腦中會產生錯覺。此時可以藉由向對方提問事先所準備好的其他問題以爭取時間，藉機在腦中重新建構提問的內容。不須專心聆聽對方在說些什麼，心不在焉也無妨，提問者此時要做的是在腦中重新建構出以另一種角度來提問的問題內容，記到記事本中。接著在爭取來的時間結束後，再次提問。射出第二箭跟第三支箭。**在一次專訪中，若能敲到一次礦脈就綽綽有餘了**。

採訪者跟受訪者之間「沒錯沒錯」、「對對，就是這樣」這種拉近彼此關係、你儂我儂的你來我往會讓人盡失閱讀的慾望。受訪者跟採訪者之間無論關係多好、多麼聊得來，都跟讀者無關。受訪者不是採訪者的朋友。

該做的事是提問，而非尋求對方的共鳴。用疑問句去提問。

講英文的人基本上一定是用疑問句提問，他們會用句子最後帶有問號「？」的內容提問。但是以日語提問的問題多半不是問句，因此必須小心自己是否也採用了直述句來提問。

我在進行過英文專訪後，最大的收穫正是這一點，自己因此建立起必定以疑問句來提問的習慣。而一個問題將能引出新的問題。這個世界所真正需要的、可以改變世界的，以及可以扭轉世界觀的絕非答案。

可以改變這個世界的是「問題」。而寫作者正是那提問的人。

第9發 說服的技巧

——善於撰寫電子郵件的人，人生是幸福美滿的。

HOP

善於撰文的人容易出人頭地

寫作這件事是一項極為高度的智能活動，比方說去想像一下學習外語這件事便能了解。要聽懂英文並不容易，但只要堅持不懈持續學習，就能在相對來說較短的時間內聽懂像是CNN這樣的新聞節目。

要學會說英文，門檻也不是那麼高，日常對話中常用的單字據說只有七百個左右。但是要讀懂英文，難度就頓時提升不少。如果想在不翻查字典的狀態下，輕鬆順暢讀懂外文書的話，基本上需要有一萬個單字的字彙量。

然而即便不翻查字典也能讀懂外文書，也不等於能夠寫作。或許能以隻字片語來表達自己的想法，卻寫不出如同母語者一般通順自然的英文。

所以日本人必須下工夫才能寫出自然的日文，也是理所當然的，而要再進一步寫出被人稱讚是「絕妙」的日文文章，更是難上加難。也因為難度極高，所以**善於寫作的人很吃香**。說得露骨一點的話，就是可以出人頭地。**無論是哪個業界，頂尖人士都是善於寫作的人**。這點不僅可套用於商場上，就連藝術家、甚至是運動員或格鬥選手亦然。傑出人才中的頂尖者，毫無疑問的都是善於寫作的人，唯一的例外是政治人物。

而當今會需要撰寫一定程度文字的情境，便是電子郵件了。就這個層面來說，**善於寫電子郵件的人，便是能出人頭地的人**，也是可以安心交付工作的人。人一生中大半的時間都在工作中度過，所以能樂在工作的人，便是樂在人生的人。

所以我們應該盡可能去寫出內容優質的電子郵件。

能將對方追到手的情書寫作技巧

那麼怎麼樣的人才寫得出內容優質的電子郵件（亦即信件）呢？首先不能不提及的就是編輯了。編輯是與作家、寫作者、記者聯手共同製作書籍、雜誌和報紙的人。如果說作家跟寫作者是投手的話，那麼編輯就是捕手。而投手的死與活，便掌握在捕手的手上。

其中優秀的捕手又以書籍類的編輯居多。畢竟他們的工作是編書，往來的對象是一流作家與寫作者，是深諳寫作之輩。而書籍類的編輯撰寫電子郵件或是信件的對象便是這群人，也就是說必須透過文章去說服寫作達人。所以出自編輯之手的信件，內容絕不可能糟糕的。

本書的編輯 Lily 跟我是首度合作，最初她在委託案件給我時，寄了一封寫得密密麻麻的親筆信來，我在讀畢後深感這個人「有一套」，因為這封信完全符合了我所說的「三手詰」的原則。

無論是親筆信或是電子郵件，都必須以三步棋吃下對方的王將，非得要花言巧語打動對方不可。在日本象棋的棋局上，因為對手也會動棋的關係，所以是稱作「五手詰」，在此為了方便起見，我將這項技巧稱為電子郵件的三手詰。

第一手　我深諳你的來歷

千萬別說這是哪門子天經地義的解說，能寫好這部分內容的人少之又少。你必須要讓發案的對象知道自己熟知他所著作的書籍、報導和言論，如果對方是上班族的話，則必須熟稔他的工作內容，而且是對其有一定期間的持續關注。

讓對方知道自己「熟知你的一切」，甚至就連對方可能都已經不記得的過往工作經歷都要知曉。具體列舉對方的工作內容，並簡明扼要地傳達自己的敬佩之意。

不過我的意思可不是要你去拍馬屁，**反而是希望你去寫下其他人不太可能會去寫到的內容。透過嶄新的觀點，給予發案的對象截至目前為止不曾接受過的「誇獎」**。換句話說，就是避免陳腔濫調（第4發），並且活用你的五感（第7發）。

第二手　我是何方神聖

其實就是自我介紹，報上自己所任職的公司名、所屬部門跟頭銜自然是不在話下，過去曾經手過哪些工作，目前所關切的議題是什麼，盡可能扼要快速地介紹自己，**僅提供必要同時也是可以充分說服對方的資訊**。

第三手　因此我需要你（你對我是有用處的）

承接第一手跟第二手的論述，結論是現下我需要你。因為自己抱有這樣的問題意識，因此必然會找上你，同時**自己也想不到有其他比你來得更為適任的人選**。勢必非要將這一點傳達給對方不可。

撰寫電子郵件亦然，**第一封郵件中所展現的熱忱將決定一切**。我渴望編出這樣的一部作品，而我一定要跟你合作，才能完成這部作品，我想跟你說上話——能否讓對方接收到這樣的熱忱是關鍵所在。

而這樣的熱忱不能僅是用「我想跟你合作」來傳達。不要去論述，而是讓事件來發聲（第7發）。在行文至第三手的過程中，必須透過事實與場景有效地傳達自己需要對方、以及對方在接下這項工作後將能為其帶來全新的可能性。

我深諳你的來歷↓我是何方神聖↓因此我們兩人應該見上一面

所謂創作和語言，其實是一項在本質上需要「他人」的行為（遊戲）。

STEP 對方的事比自己重要

不過實踐三手詰有個重要的大前提。

必須告訴自己，發案的對象永遠是全世界第一忙的人。

若是要將工作委託給全世界第一忙的人，無論是寫信或是寫電子郵件，都不需要開頭的季節招呼語。很多寫作者出乎意料地並沒有掌握住這一點。

相反地，在第一封委託信件中，也有絕對不可省略的資訊。**①自己是從誰的身上得知對方的聯絡方式②希望採訪或與對方面談的約略日期③是否會致贈謝禮或支付酬勞。**

寫到日期跟酬勞時，可以用「提及這點或許略顯失禮」作為開場白，但還是要在一開始說個清楚明白。讓受訪者自己來問才是真正的失禮。**在一開始就把酬勞給說清楚跟入不入流沒有關係，而是必要事項，甚至應該說是禮貌。**

過去我以寫作者、編輯身分工作有超過三十年的經歷，幾乎沒有人會在我寄出運用這套三手詰技巧的電子郵件後拒絕跟我見面。在中央政壇因為收賄醜聞而避不見人的議員以及贈賄方的董事，都曾在收到我寫的信後跟我見上面。

不過在收到了我的三手詰電子郵件後，拒絕接見的人依舊存在。碰到這種情況我不會深究。事件的採訪或許另當別論，但就一般工作的委託來說，不願意接見的人，背後都有著名正言順的理由。

當真是物理上的時間不夠，這是第一種理由。

拜讀你的電子郵件後我深感讚嘆，雖然很想接受你的採訪，但是我跟你所屬的媒體平台之間是競爭關係；又或者是我因為意識型態的關係，堅持不與你所屬的媒體平台在工作上有所往來，你也千萬別因此而過意不去。此為第二種理由。

簡單來說，就是我對你的提案跟委託不感興趣。此為第三種理由。

第三種類型的理由可說是揮棒落空中最要不得的，應當好好反省。信件中第一手的內容中雖然提及了「我深諳你的經歷」，但其實根本就沒有那麼瞭若指掌。又或者可能是自己看走了眼。

一時的關係過於感傷

最後我想提及的一項重點是，不要輕看對方。

如果你只是為了尋求一時的關係而接近對方，馬上就會被識破。因此對方也會依報酬或時間來評估是否要跟你見面。

萬萬不可只為了尋求一時的關係而去接近他人，這也是知易行難的典型之一。應該是要下定跟對方往來一輩子的決心，才可去跟對方接洽。

在工作關係結束後，跟我依舊保有電子郵件或信件往來的對象大有人在。其中甚至有年事已高、需要我來幫忙照顧的人。

過去我曾有兩年時間跟一位相當崇敬的攝影師合作週刊雜誌的工作，他是我相當看重的工作夥伴，當時我們的交流也非常密切。每星期週刊雜誌截稿後，我必定會寫信向他傳達自己對於他的作品的感想。因為是針對照片的感想，內容容易流於千篇一律，當時我為了不要寫出重複的心得，還將自己所寫過的信件都影印備份下來。前後寄給他的信超過了一百封。

事後聽說這位攝影師把我所寫的信都保存了下來，還將其拼貼、裝幀成冊。

不過可別誤會，我並非有所盤算才這麼做，而是因為出於尊敬這位攝影師的關係。

然而，打從心底的尊敬若是不化為言語，就無法傳達給對方。

沒有被化作言語的情感、沒有被轉化為文字的思想，都是不存在的。而這並不意味著沒被化作言語而已，而是打從一開始你根本就無所感知，也不當一回事。

這一點是本書最為核心的主張及要點，僅此而已。

第10發

第一人稱與讀者的設定

——這篇文章出自何人之手、以誰為對象書寫？

HOP

是用「俺」還是「私」？——我是誰？

寫作文章的主體是誰？

會脊髓反射回應道「那還用說，不就是自己！」的人，還請先冷靜下來。話說回來，寫作這樣的行為，本來就是去推翻老一輩所下的結論，也是加深鴻溝的行為。寫作這件事，可以為世界帶來新的氣象。

首先，我想先讓讀者們閱讀一篇我在報紙上所寫的專欄。我將這篇文章放進來，不是出於要昭告天下這是一篇美文典範的心態，而是因為它跟本節的主題有關。

「我的夢想是在報紙上使用『俺』這樣的第一人稱。話說在我剛進入報社時，報社記者是被嚴格禁止在報導中過於強調個人的存在。在像這樣的記者專欄中，頂多也只能使用『記者』、『筆者』這樣的第一人稱。不過近來這股風潮有所變化，『僕』跟『私』開始可見。（略）

但無論如何，我一直伺機等待著可以開啟使用『俺』的先河的機會，我將此稱為俺主義（無聊至極）。雖然這樣的第一人稱用於報紙的文章中終究太困難，但後來我還是在網路的連載文章中成功地用上『俺』來自稱。（略）

近來我很著迷於貢布羅維奇的作品，去年是他的百歲誕辰紀念（略），貢布羅維奇是一位相當超然的波蘭作家，代表作接二連三被譯介至國內。

（略）雖然負責翻譯的譯者並非同一人，（略）但其中的共通點是，書中的第一人稱都採用了『俺』。無論對象是國家、宗教或是知識傳統，對於忤逆所有權威、永遠的反叛者來說，『僕』跟『私』都不合適。」[33]

我是在「俺俺詐欺[34]」猖獗的時代聯想到「俺俺主義」，因而寫下這個搞笑用的哏，但分享的這篇文章帶有賞味期限，還真是失敬了。不過現在回頭看這篇文章，就光是能理解第一人稱的重要性這一點來看，也表示筆者多少是有點料的。

第一人稱可是比一般人想像中要來得重要許多。

日文的第一人稱

日文的特徵是第一人稱的稱呼法相當豐富。光是隨意列舉就有僕、私、俺。「筆者」或「個人」這樣的第一人稱也不罕見。比較少聽人用到的有己等、小生、儂……

如果選用了「儂」這樣的第一人稱，感覺會吃點苦頭，這樣的第一人稱意圖性過強，所帶有的意象反而絆手絆腳，導致文章的自由度降低。己等這樣的自稱語，現在只有在模仿北野武的場合上才聽得到。

有些記者會刻意避用第一人稱。雖說記者在事實面前應保持謙恭、同時排除主觀，但當**讀到絕不使用第一人稱的文章，我反而會覺得文章中透露出讓人感到不快的記者的存在感。不存在，其實是會強調出存在的。**

而我這十幾年來都統一使用「私」這樣的第一人稱。以前是「僕」用得比較多，但某個契機改變了我這樣的習慣。

不過真要說起來，也不是什麼了不得的理由。

以前我曾透過報社的工作採訪過一位藝文評論家。採訪結束後，我將訪談內容整理成報導，但因為習慣所致，我在文中不小心將第一人稱寫成了「僕」。對方的年紀跟自己差不多，而且在採訪時他實際上也是用「僕」來自稱，所以我心想應該沒問題。但在報導刊登後，他向我提出糾正，說自己「不會在書面用語中使用『僕』」，並且希望我修改為「私」。

原來如此，我在讀過他的作品後得知他所言不假，於是深深致歉，獲得了他的原諒。之後，這位人物隨著名聲水漲船高，變成一位大名鼎鼎的訴訟魔人。當時還真的是相當驚險。

33 日文的第一人稱相當豐富，以此處所舉的例子來說，男性常用的第一人稱有「私」、「僕」、「俺」，而使用不同的第一人稱所帶給人的印象也有所不同。「私」是此三者中最為正式的用法；「僕」比起「私」給人較親近的感覺，但沒有「私」那麼正式，在日本一般小男孩或是年輕男生在日常生活自稱時通常會使用「僕」；「俺」給人的距離感則又更近，一般可見於男性在跟平輩或是晚輩說話時的自稱，給人的印象較為豪邁，但同時也會有些許粗魯的感覺。

34 在日本於二〇〇三年開始流行的電話詐騙手法，受害對象多為高齡者。電話中詐騙者會假扮為對方的小孩或孫子，在電話中用「是我是我啦」誘導受害者誤解，加以詐騙。

無論如何，這位藝文評論家之所以不使用「僕」的理由是，「超過三十歲的男人還用『僕』的話未免也太放縱自己了」。這話確實有理。

第一人稱的威力——撼動「我」的存在

以我的經驗來說，我是在逼近四十歲時親身體會應該避用「僕」的理由。而我便將某部著作的出版作為分水嶺，開始徹底避用「僕」。

沒想到結果產生了不可思議的現象。**我只是單純地改變了第一人稱，沒想到文章的風格也隨之產生變化**。跟「僕」相當合拍的詞尾突然開始變得很不協調，而一旦更動了詞尾，文章整體的韻律感也會生變，結果非得大修文章。

整體內容一旦受到修改，就意味著風格會隨之變化，所書寫的內容也會隨之生變。書寫內容生變這件事，會進而造成觀看這個世界的視角，以及解讀這個世界的方法產生變化。**改變了第一人稱，觀察世界的視角**也會不同。這一點所帶來的影響便是如此巨大。

就如同寫作風格是越多元越好，如果也能多元運用第一人稱的話是最好的。但我意思不是要讀者們在同一時期多元使用第一人稱，而是根據不同年齡改變所使用的第一人稱。同時我也不是要讀者們捨棄在使用「僕」這個第一人稱的年紀時所抱有的世界觀。而是在「僕」的世界觀上逐一增添「俺」的世界觀以及「私」的世界觀，讓人格的層次因為堆疊而加厚。不過這可不是升級，而是珍惜過去的作業系統並加以保留，若是要打個比方的話：

文章是可以改變的人格；文章是可以改變思考、情感和判斷的。在人類的發明當中，「語言」是最具有創造力，同時也是最具有破壞力的系統；語言不僅束縛了人類的思考，同時也為人類帶來自由。因此，寫作這件事既有趣且深奧，同時也是一項駭人的行為。

STEP

要當黑格爾還是廣告文案寫手——所謂的讀者是誰？

文章的書寫對象是誰？

不用說，當然是讀者。然而，所謂的讀者究竟身處何方？像是撰寫案件委託的電子郵件或情書這種清楚知道「讀者」是誰的情況，其實是少數。所謂作家，便是針對素不相識、不明白對方樣貌的對象來寫作的人。

有些創作者會發下豪語說，自己清楚知道讀者是誰，又或是提倡非得搞清楚讀者是誰不可。比方說廣告文案寫手便經常被要求必須釐清讀者（消費者）是誰。

然而在清楚知道讀者（消費者）是誰、針對讀者群所撰寫出來的文章，通常都缺乏震撼力。在精準控制下、瞄準了好球帶邊界的滑球，或許相當適合拿來調整球數，但如果接二連三投的都是滑球，勢必會被擊中。讀者真正想讀的是以「你有種就接下我這顆球」的氣魄所投出的高速球。

我在讀畢黑格爾的《精神現象學》後所感受到的強烈虛脫感和成就感，沒有任何其他一本著作可以相提並論。雖然我絲毫不覺得自己理解了這本書，但確實捕捉到作者廢寢忘食寫作這項事實的片鱗半爪，就像是球棒稍微擦到了快速球的感覺。

黑格爾在臨終之際這麼說道：「這世上唯有一個人理解我。而那個人其實也誤解了我。」而這裡我所謂的「理解」，或許可能是黑格爾所謂的誤解也說不定。

然而**就算沒有任何一個人理解自己、沒有任何人需要自己，我依舊要為自己、同時也要為這個世界書寫**。**文章中只要蘊含著無比的熱忱，那麼讀者肯定會現身的**。廣告文案只能流傳半年，但是黑格爾的著作卻被持續閱讀了兩百年。

一夜搖籃曲——只有自己一個人的堅信

不過緊接著我想澄清的是，我的意思並不是說「沒有人理解自己也無所謂，總之就是去寫自己想寫的內容」。

二十世紀的俄國詩人、作家安德列耶夫曾說過「我要一舉成名——要不活著就沒有意義了」。他說這句話才年僅十四歲而已（《追憶》高爾基著）。

萬萬不可將這句話視為是少年特有的自負或是沒有根據的自信。

自己的創作非得為世人所接受不可，即便不一定能受到理解，但唯獨自己要堅信這一點：**自己筆下的文章是世上萬眾所應理解、為之感動且銘記於心的內容，並以此為目標書寫**。若是未能如此堅信的話，那麼自己究竟是為了什麼而寫作？

日活情色片《哀哉！女人們．猥歌》（神代辰巳執導）這部片以搖滾樂為主軸，由內田裕也[35]領銜主演，安岡力也跟 Anarchy 在片中參與演出。這部不是很有成人電影感覺的情色片，堪稱奇葩之作。

在電影中，主題曲〈一夜搖籃曲〉讓我特別震撼。

35日本歌手、演員，是日本知名已故女演員樹木希林的丈夫。

內田裕也飾演始終無法闖出一片天的中年搖滾樂手，片中他來到地方縣市巡迴演出，並現身於在偏鄉僻壤的唱片行所舉辦的宣傳活動上。麥克風被架在地面上，他以卡拉OK的方式演唱，而飾演經紀人的安岡力也就在一旁負責拍手而已。沒有一個人駐足觀望。

就在此時，一名年輕女性停下了腳步，站在裕也的面前，聽得相當入迷。雖然她看似在意周遭目光，卻毫無離去之意，不曉得是不是跟人約好了在那裡見面，又或者只是完全被表演吸引住。

片中所演唱的那首歌相當棒，是超越了時代與流行束縛的重靈魂樂。就在曲子的熱度來到最高點之際，這名路過的女性和歌手之間，產生了某種化學變化。我建議志在成為寫作者的讀者，應該要將這部電影的DVD找來，從頭到尾看過一遍。

文章當是如此；創作也當是如此。

只要有一個人願意聆聽自己即可；只要有一個人願意閱讀自己即可。不過，就連那麼一個人也棄自己而去的話……而裕也的行動彷彿便闡述了這件事。

朝向虛空高唱。

面對宇宙書寫。

第四章

有助於寫作的四項工具

第11發

寫作者的工具箱

——勤加保養、隨身攜帶。

HOP

耕種的作風與寫作之道

我從小出生、成長於東京的澀谷，但二〇一四年時不曉得是哪根筋不對勁，我出於個人的決定，移居至位於日本最西邊的長崎縣諫早市這塊人生地不熟的土地。我決定在這裡每天早上花上一小時來種稻。在透過寫作賺取收入之餘，同時也耕種，以確保最低限度的食糧來源。我不打算放棄寫作，打算一輩子都當個寫作的人，因此這項透過耕種以產出可支持寫作生活的軍糧米的人體實驗，就這麼持續了下來。關於這段經歷的來龍去脈，我將其彙整於《美味的資本主義》一書當中。

當時我擅自拜當地的農夫為師，而這位「老師」也相當有一套。他說話雖然不中聽，卻非常熱心指導我。而他對於耕種的講究，比起我對寫作的講究要來得更勝一籌。拜此所賜我也順利地習慣了耕種，同時發現耕種與寫作這兩者之間有著眾多相似處。在此我以「工具」為例來說明。

教我種田的老師相當講究農耕用具的清潔和整理。他對每件工具的收納位置瞭若指掌，工具永遠收拾得乾淨整齊，並且勤於保養。

那麼寫作者的工具又是什麼？不用懷疑，就是語言。然而，會將語言這件至關緊要的工具煞有介事地納入工具箱、擺放整齊、擦拭乾淨，還定期上油以確保日後總能正常使用的寫作者，其實寥寥無幾。所以更別說是業餘的寫作者，他們根本就沒有整理工具的概念。話說了就算，他們不懂得善後，但這樣總有一天勢必會被語言反撲的。

恐怖小說大師史蒂芬・金曾寫過以下這樣的一段內容。

隨身攜帶工具箱——史蒂芬・金的寫作技巧

史蒂芬・金的親戚中有位名為歐倫的伯父。某年夏天，史蒂芬・金家中後門的紗窗壞掉，歐倫伯父負責修理，當時還是少年的史蒂芬就在一旁充當助手。

伯父用單手提起超過三十公斤的沉重工具箱，往家中的後門走去。在他們走到壞掉的紗窗邊後，伯父要史蒂芬將螺絲起子從工具箱中拿出來。修理的程序相當簡單，隨即就結束了，伯父於是將螺絲起子還給史蒂芬，要他把螺絲起子收進工具箱中。

然而少年時期的史蒂芬卻百思不解。**如果只需要一根螺絲起子就能修理的話，為什麼要把那麼重的工具箱整組提過來？**只要拿出螺絲起子、插到褲子的後口袋不就好了？

「不過呀，史蒂芬。」伯父蹲下身來、手中握著工具箱的把手這麼說道：「沒有親自到現場看過，是無法掌握狀況的，所以把所有工具都帶來是最保險的。如果沒有將所有工具都帶來，碰上預期外的狀況時會很棘手的。」

若是希望能發揮所有實力寫作，就必須備妥工具箱，並且鍛鍊出可搬運這個工具箱的肌肉。

（《史蒂芬・金談寫作》史蒂芬・金）

真是如假包換的名言。

蒐羅優良的工具（＝話語）。清潔整理。無論何時何處，都必須帶上工具。鍛鍊出可輕而易舉攜帶工具箱的肌肉。

無論是做工的人、務農的人，還是靠寫作吃飯的人，這一點都是相同的。

STEP

工具箱中裝些什麼——字彙、文章風格、企劃、敘事手法

史蒂芬·金接著還這麼寫道：「（伯父所使用的）工具箱有三層，但對於靠寫作吃飯的人來說，至少要有四層。」

> 將經常使用的工具收納於最上層。構成文章的主要元素是詞彙，不管是怎麼樣的詞彙，最好都毫無保留地納入自己的字典中，這沒什麼好丟臉的。
>
> （前述同一著作）

不單單是小說，包括電子郵件跟企劃案在內，無論寫作的內容為何，字彙絕對會是第一道碰上的難關。字彙量豐富的人，是善於寫作的人；**字彙量豐富的人，可以活出豐富的人生。**

那麼想增加字彙量的話該怎麼辦才好？關於這一點我會在下一節中詳細說明，在此我先說明工具箱的四層抽屜中分別該放些什麼。因為史蒂芬·金並沒有詳加說明，所以就由我來決定。

第一層是前述的字彙。第二層是文章風格。第三層是企劃。第四層是敘事方法。

風格在英文中寫作「style」，而這個字同時也意味著風采、裝扮、時尚風格與髮型。就廣義的意思來說，要說是生存方式也可以。不具風格的作家是悲慘的。不具「style」的人，肯定也沒有什麼想透過書寫來傳達的東西。（第13發）

企劃則是如同字面上的意思，就是去思索要寫些什麼、透過什麼樣的切入點撰寫（第14發）。

工具箱的第四層是敘事手法（narrative），雖然每次我在跟學生們說明這一項時都煞費一番苦心，但其實指的就是陳述的能力，更進一步來說是跟助詞的使用有關，在此先說明至此（第15發）。

如何鍛鍊足以隨身攜帶工具箱的肌肉

詞彙、文章風格、企劃、敘事能力，裝有這四項元素的工具箱必須要隨身攜帶，並且要致力於豐富每層的內容物。但光是豐富其內容並不夠，還必須定期保養，擦拭乾淨、汰舊換新以便升級。

寫作者必須鍛鍊出足以無時無刻不隨身攜帶這個工具箱的肌肉，在此就讓我針對鍛鍊的方法來說明，其實也相當簡單。

進行重量訓練。

將重量訓練養成習慣。

此為精髓所在，除此之外別無他法。

我們都是凡夫俗子。這世上也有天才，但天才不會閱讀這本書。然而如果因為自己不是天才於是放棄寫作這條路，這樣的想法可是一點都不有趣。「習慣造就第二天性」（西塞羅）。**凡夫俗子就去透過習慣來形塑天性**。

有些人早上起床後不刷牙，不洗臉的應該也大有人在。但就算不刷牙也不洗臉，人也不會因此死掉。這些麻煩的行為既不攸關生死、又耗費時間，但為什麼人還是選擇每天持續下去？

那是因為習慣使然。

人是憑藉著習慣的力量生活的。不對，應該說沒有了習慣，人就活不下去。適逢天災、吃驚地目睹自己的房子被沖走，或是碰上傳染病，身邊重要的人因此喪命，當人在質疑為何自己會碰上這樣的慘事，面臨世事的無常而喪失一切動力時，還是會呼吸、會吃飯。很有可能在吃完飯後還是會刷牙。而這純粹是習慣使然；是出於慣性才這麼做的。

所以說，可以以此進行逆向操作，將麻煩的工具箱的清潔整理工作培養成習慣，讓這件事成為可在如同刷牙或洗臉的時間內結束，並且是每天不感到壓力的狀態下持續的慣性行為。

每個人都有機會成為天才

天才是什麼樣的人？所謂天才指的是滿足以下兩項要件的人。

第一要件，天才是不斷持續努力的人。

第二要件，天才是能發現努力方向的人。他們會致力於在其他人不努力的層面上努力。

而第二要件又比第一要件來得重要，本書後頭應該會再提到這一點，目前希望讀者們可以聚焦於第一要件「天才是持續不斷努力的人」上。

對於我們這些凡夫俗子來說，要不斷地持續努力可不是一件輕鬆容易的事。而要達成這項艱鉅任務的唯一方法就是養成習慣。我認為既然是習慣，每天就應該花費十五分鐘以上的時間進行。關於這一點，我會在第20發的內容中針對志在成為專職寫作者的讀者們詳細說明。

最後我還想再說明一點，**隨身攜帶四層工具箱、擁有結實的體幹肌肉的寫作者都是一些怎麼樣的人？他們都是有趣的人**。不僅僅是他們筆下的產物，跟他們說上話時，不對、就只是從旁看著他們時，都能深感其魅力。

他們是有趣的人、深具魅力的人、懂得取悅他人的人。他們不會在未被徵求意見的情況下主動發言，但是一旦向他們提問了，將會拜倒於他們見多識廣的歷練以及極具深度的思考下。他們是深具品格的人。**換句話說，是深諳生活之道的人，這樣的人便是好的寫作者**。

撰寫出美好的文章這件事，說穿了就是去成為一個美好的人。

第12發

詞彙【工具箱・第一層】

——若想增加詞彙量，應反其道而行加以限制。

HOP

讀書、查字典

寫作用工具箱的最上層所放置的，說白了就是詞彙。擴充詞彙量時無須客氣手軟，一個接著一個丟入工具箱就對了。但是該從何蒐集詞彙？若想增加詞彙量又該怎麼做？

閱讀就對了。

就那麼簡單，沒有別的了。不過這一節如果就在這裡收尾的話也太不夠善體人意了，所以我就再多寫一些吧。

我曾聽說德文中最好用的一個詞是「Bitte」。進到餐廳內跟服務生打招呼時、手指菜單點菜時以及結帳時，只要露出笑臉說「Bitte」，基本上對方就能懂你的意思了。

而以日文來說，大概就是「どうも」這個詞吧。無論是白天或晚上、是碰上面或是道別，又或者是要表達感謝或是歉意，（基本上）都可以使用「どうも」。

時下最好用的一個詞大概非「厲害」（やばい）莫屬了。以悲劇收場的文藝愛情片很「厲害」，YouTube的搞笑影片也很「厲害」，新上市的馬卡龍很「厲害」，沒頭沒腦地讀了森鷗外的短篇小說也很「厲害」。

催淚／搞笑／美味／莫名其妙

不管是什麼情境都能用「厲害」這個詞來概括、傳達。這個詞雖然很好用，但就此安逸的話無法增加詞彙量的。

那麼究竟該如何是好？**最簡單的方法就是去查字典**。

字典跟百科全書的數位化真的是造福眾生。只要每逢國語辭典、古文辭典、漢和辭典、同義詞辭典跟百科全書完成數位化，我就會添購。就入門的新手來說，要求並不需那麼嚴格，只要從《廣辭苑》或《新明解國語辭典》或是《明鏡國語辭典》當中擇一購買、安裝至電腦當中即可。

我每天早上打開電腦後，第一件做的事就是打開辭典。四部國語辭典、三部漢語辭典、兩部古文辭典，再加上百科全書、術語辭典、語源辭典，總計共二十部以上的辭典軟體。嗯，應該可以說是一項儀式吧。

接著在寫作或是閱讀的中途，只要碰到意思稍有不明的詞彙，我會毫不遲疑地馬上查找字典。數位辭典在這種時候可以發揮無敵的強大功能，真的是非常方便。

活用字典的技巧——透過查字典來達成轉換發想的目的

不過查字典所為的可不只是確認意思而已，應該說轉換發想才是查字典最原初的功能。

雖然價格不菲，但是我強烈建議進階的讀者使用《日本語詞彙集・同義詞查詢辭典》，這是志在成為寫作者的人必備的一部辭典。

這部辭典雖說是同義詞辭典，但萬萬不可將其作為查找換句話說的詞語或是替代詞語的辭典來使用。

比方說我在第4發的內容中提到不可使用「美麗」（美しい）這個詞。那麼應該要

如何換句話說才能表達出美麗的意思呢？查了這部辭典後，可以發現有「可愛」（かわいらしい）、「奪目」（まぶしい）、「豔麗」（匂やか）、「動人」（目も綾に）、等等的同義詞。但若直接將這幾個詞拿來替代「美麗」使用，這樣的用法可以說是最不入流的。辭典不是拿來這樣用的。

舉例來說，你在看了一部戀人罹患不治之症的文藝愛情片後覺得很「厲害」，但是卻又不想用厲害來表達感想，那麼就姑且來查一下《日本語詞彙集》。

在「厲害」（やばい）這個詞的同義詞的小詞群中，可以見到「糟糕」（悪い）、「危險」（危険）、「嚴峻」（疑わしい）、「贗品」（贋物）、「不得了」（大変だ）這幾個字眼。這幾個字眼中，是否有接近自己觀看這部電影後的感覺的詞？沒有對吧。那姑且就先將焦點轉移至感覺意思最為相近的「不得了」這個詞上。

接著在查找「不得了」的同義詞後可以發現「無常」（常ならず）、「重要」（重要）、「棘手」（厄介）、「頗（形容程度）」（頗る）、「重大」（大事）、「意外事件」（椿事）、「多災多難（人生）」（多事多難），但這幾個詞還是感覺不適切。碰到這種束手無策的情況，就從「無常」開始依序來查這幾個詞的同義詞。這一點也是數位化辭典的優點所在。

在依序查到「棘手」這個詞後，可以發現有「麻煩」（面倒くさい）、「費事」（大儀）、「繁雜」（煩わしい）……然後出現了「億劫」這個詞。億劫呀，對，這是一部億劫的電影[36]。

與其說「我看了一部很厲害的電影」，不覺得用「這是一部億劫的電影」（這部電影不是省油的燈）這樣的形容來傳達會來得更強而有力嗎？不，不用這樣的形容來傳達也無妨，就假定這是一部億劫的電影（這部電影非省油的燈），試著轉換思考的脈絡。億劫是什麼意思？接著就來查查漢語辭典。億劫這個詞最初是佛教用語，表示相當長久的時間，是「剎那」的反義詞。進展到這一階段，似乎好像有些眉目了。

接著在查了白川靜所著的《字統》後[37]，發現「億」這個字似乎有安心的意味在，而「劫」這個字的原意，有著以刀或蠻力加以脅迫之意。

那麼讓自己感動不已的那部「厲害」的電影中，是否有帶給人感到時間之長久、能聯想至永恆的場景？並非剎那，而是讓人心繫不已，至今依舊相當揪心，宛如受到刀傷一般深刻的台詞、場景、燈光效果、運鏡、長鏡頭、背景音樂……不管是什麼樣的要素都好。

自己其實不正是因為那項要素而感到「厲害」嗎？試著找到那個場景、加以放大，然後進一步詳細分析、寫作，傳達出這部電影其實是一部相當「億劫」的電影。查字典要找的絕不是同義詞，**查字典的目的其實是為了將我們落入窠臼、平庸無奇的發想以及陳腔濫調般的視角加以轉換**。

善用字典可以讓我們的詞彙變得多彩且豐富、改變思考的「向量」，並且讓我們觀察事物的視角得以「變調」。這才是字典存在的價值。字典是語言的效果器。

吉米·罕醉克斯（Jimi Hendrix）不只是一位善於演奏的吉他手，他同時更以善於操縱以效果器為首的電子器械而聞名。雖然這番話說得有點大，但我們應該志在成為文壇的吉米·罕醉克斯。

STEP

被作家上身後所開展出的世界——相互認可的實現

如果說運用字典來拓展字彙量是治標的方法的話，那麼治本的方法不用說，當然就是閱讀了。但光是閱讀是不夠的，還必須摘抄書中內容。**摘抄書中內容才是增加字彙**

36「億劫」這個詞原為佛教用語，是「千萬億劫」的略稱，在中文中意味著極長久的時間；在日文中則有著嫌麻煩、費事，提不起勁的意思。這個詞拿來用於形容電影的情況時，語意上近似「非省油的燈」。

37 白川靜為日本知名漢學家，其所著作的《字統》為一部參考價值極高且具信賴度的辭典。

量的不二法門。關於摘抄我會在第21發的內容中詳加說明，這裡我先針對為何要摘抄概略說明。

有過學習樂器經驗的人應該都曉得，假設學的是吉他的話，通常會從模仿自己所喜歡的吉他手來下手，去模仿副歌段落或是獨奏部分。但並不是說能按譜演奏就萬事大吉了，而是要去確認「這個音用的是推弦還是滑弦的技巧？」顫音是如何呈現？該選用怎麼樣的拾音器跟音色？撥弦是上撥還是下撥？過程中必須要針對這些細節不斷地反覆仔細聆聽。

而這便是所謂的「上身」。與其說是模仿吉他手的演奏，不如說是想化身為那位吉他手，想取代他的存在。那位吉他手腦中都在想些什麼？他是如何感知這個世界？現在是否正在彈奏這個樂句？想接近對方必須要達到這樣的程度。

對於寫作者來說，這是絕對必要的感性。

不管對象是誰都無妨，**找到自己喜歡的作家**，**讀遍他的作品**，**而且是要反覆閱讀**。然後彷彿像化身為那位作家一般，徹底模仿他做同樣的事，包含所閱讀的書籍、所吃的東西、他會選購的特定品牌的酒種、他會聽的音樂、他會去看的電影，甚或是他會去散步的路線。要迷戀對方到這種程度，要被那位作家上身。

自己心目中若是沒有兩、三位這樣的作家，就一名寫作者來說算是相當魯鈍的。買下這位作家的全集，甚或是日記、記事集到草稿，網羅所有可閱讀的素材。**讓這位作家入侵自己的腦袋，模仿他的文章，就算結果不盡如人意，依舊再三更加細緻地模仿……這麼一來，字彙工具箱中的內容也會自然而然變得豐富**。

沒有哪一位作家是打從最初行文或是風格便深具獨創性的，這點我敢掛保證。我自己也曾經被許多作家上過身、腦袋被他們所入侵，待熱度退燒了，便揮別這位作家，但接著又被下一位作家給入侵，這樣的過程不斷地反覆循環。夏目漱石、森鷗外、太宰治、普希金、契訶夫、中島敦跟大西巨人……我便是在這幾位作家間反覆這樣的過程。

自己這個人其實根本就不是什麼大不了的文字工作者。**唯有在自我的存在「消融」後，方能「確立」自我**。此時你會開始想要使用自己在日常生活中不會使用、不屬於自己的用字遣詞。不對，應該說文字本身會自己湧現於稿紙上。

比方說最近我被大西老師上身，就經常自然而然地寫下「畢竟」、「淵源」、「牢記」這幾個詞；而「莞爾一笑」、「異於」、「之謂」這幾個詞則是在耽溺於太宰治跟森鷗外時所記下的詞彙。「始終已是」（toujours déjà）則是我拜倒於莫里斯·布朗肖的魅力時所新增的詞彙。

一開始不過是滑稽的猴戲，既不穩定，也沒有真正學起來。

然而在精讀、讓作家上身，並徹底去愛過這位作家之後，那麼最終殘留於自己腦袋深處的詞彙將會內化為自己的東西，成為自己的思想。所謂的自我，其實不過是他人的思考的積累，是他人所耕耘的成果。既然如此，那就讓他人耕種得既深且廣。文化（culture）這個詞其實是帶有耕種（cultivate）的意思在的。身兼農耕者的我深知這一點：反覆耕耘且深耕的田地，絕對會有豐富收成的。

避用「○○式」的練習

我還想再提一點，要增加字彙量相當有效的一個方法是「試著避免使用○○的練習」。試著少用一些字眼。

「生活態度」這個詞直教人不悅，

真想殺了發明這個詞的人，

這人難道不曉得這個詞只能用在像是「悲慘的死法」這種負面的意味上嗎？他最好小心點走著瞧！

（略）

有些人可以完全避用「〇〇式」這個詞寫就一本書，
政治人物口中的「積極」理當禁用，
評論家也該禁用「就某種意義來說」，
究竟是哪種意義，應該講清楚說明白。

人生在世不見得能完成什麼大事，
但至少到死之前，都要慎選自己所使用的話語。

（〈讓人不悅的話語〉中桐雅夫[38]）

我之前也被中桐上過身，所以在讀過這首詩以後，理所當然地也就不再使用「生活態度」這個詞。而這幾年來，我記得自己也用過幾次「就某種層面來說」，真是要不得。

人在日常生活中會習慣性地無意識去使用「〇〇式」這樣的說詞，有些人還會傻到

38 一九一九年生於福岡縣的日本詩人，其代表作詩集《公司的人事》在一九八〇年獲頒主要以詩集作品為對象的藤村紀念歷程獎。

用「個人式」這樣的說法。

過去我曾下定決心一整年都不要用「○○式」這樣的說法，當時的我為許多報紙跟雜誌撰稿，尤其是在新聞中，很難不去用到「○○式」這個詞。像是報紙這種字數相當受限的媒體中，「○○式」這樣的說詞，「就某種層面來說」相當好用。

然而，**自從我下定決心不要使用「○○式」以後，變得比較能夠深入思考**。自己套用這個詞的背後真正想傳達的是什麼？我會換個方式呈現，或是乾脆刪掉那句話。當時我的遣詞用字跟所寫出的文章都改頭換面，而這也自然而然成為了擴充字彙量的重訓內容。

現在我在寫作時也是盡可能避免使用「○○式」這個詞，我認為是一項相當有效的強化字彙技巧。

在那之後，我被大西巨人[39]上身，當時則是反而學會有效運用「式」，比方像「好色之徒式」這種帶有幽默感、刻意濫用的手法。

這樣的訓練日後在自然而然的發展下，讓我開始認為將時下的流行語納入文章中是一項大忌。**語言不是傳達自身思想或情感的工具，反而是形塑自身的思想與情感的工具**，位置恰好是對調的。因此，使用時下流行語這件事就等同於將個人的思考跟情緒託付給這個社會。

汝等若是顧及武士身分，即便聽聞流行語，也且勿將其掛於嘴上。

（《霰酒》齋藤綠雨40）

在古希臘時代，劇作家只要擅自為弦樂器多增添一條弦就會慘遭開除。而米開朗基羅在雕刻雕像時，則是不斷地尋求更巨大、更堅硬，且更加難以雕刻的大理石。

要增加字彙量，就必須限制文字量。「超」或「厲害」或「〇〇式」、「〇〇性」、「〇〇化」這些詞全都拿去碎紙機碎掉。

讓一切都消融掉。

讓社會、流行和自我全都消融掉。

讓一切都消融掉，此時你是否依舊有想傳達的內容？依舊能思索到一些什麼？又或是感知到一些什麼？

寫作便由此展開。寫作是無中生有的魔術。

39 一九一六年生於福岡縣的日本小說家、評論家。堅持馬克思主義立場，在創作中通過唯物論觀點去深究個人的尊嚴。其文章特點為主體明確、理論性強烈。

40 日本明治時代的小說家、評論家。

第13發

文章風格【工具箱・第二層】

——不具風格的人是悲慘的。

HOP

風格即魅力

「妳當真喜歡那兩個叫霍華跟毛姆的人？」

「那兩個人有個人風格，是有格調的。但時間久了，終究還是覺得上了他們的當。」

「但那兩個人有妳說的個人風格對吧。」

「沒錯，個人風格很重要。不少人雖然能道出真實，但因為欠缺個人風格，結果還是沒用。」

（《電池故障》查爾斯・布考斯基〔Charles Bukowski〕）

前拳擊手、作風花天酒地的布考斯基，性格中的狂野不羈與破天荒可透過其作品窺知一二，而讀者們也拜倒於他的文章風格。**因為讀者們的心思為文章風格所占據，作品本身內容的高下就不再顯得那麼重要**。沒有所謂的寫好或寫壞。因此，文章風格極為重要，這便是本節的主題。

我查了一下身邊的《讀者英和辭典》，「style」這個字有著「文章風格、說話方式、創作手法」的意思。

文章風格、**作風**、**傾向**、**例行公事**、**約定**、**格調**。**換言之，即為生活方式**。

不具風格的人是悲慘的。

我想本書的讀者並非全都志在成為專業寫作者，不過有句話還是想傳達出去：不具風格的寫作者是無法倖存的。案件、事故或是社會事件，不管由誰來寫都是不脫同一個模子的，而且也都該是不脫同一個模子的，那就是去陳述事實，寫作者的評論是多餘的。

然而，**一名寫作者如果只能撰寫出無論出自何人之手都不脫同一個模子的內容，那麼他遲早是會消失的**。應該說會被新陳代謝掉，為新世代所取代。

寫作者是如何觀察這起案件、事故、事件，採取怎麼樣的切入點書寫，唯有具備這種風格的寫作者才有可能倖存下來。

我審視了一下身邊的報社與雜誌記者，欠缺風格的人占了壓倒性的多數，所以我也是樂得一派輕鬆。就連專職作家中，也以缺乏風格的人占了多數。培養風格時務必要具備耐心，且勿輕言放棄。

風格的練習——變化四個「主」

這一節其實可以在此就畫下句點，但既然開啟了這個話題，我就順便分享幾個可供參考的練習方法。

(1) 變化主語

僕、俺、私、己等、自己……有時只要改變第一人稱便能文思泉湧，關於這一點我已經在第10發的內容中說明過了。去打破個人的框架。

(2) 變化主題

去變化文章的主題。

我所出版的處女作內容為音樂評論，而出版音樂評論是我長年以來的夢想，所以也為此感到相當開心。雖然我如願以償成為了音樂評論家，但這份工作在持續幾年後便陷入了瓶頸。**持續針對相同主題書寫的話，文章將會如出一轍**。用來用去的詞彙永遠也就那幾個，風格也會顯得單調。若是拿吉他來打比方的話，就是「憑手感來彈」。聽的人或許會覺得技術高超，卻沒有驚奇感。

此時應該心一橫去轉換主題。瘋狂看電影、耽溺於文學作品中、去看畫展或攝影展。電影中有音樂的存在，而文學、繪畫當中也有音樂的流動。

又或者是心一橫，暫時不去接觸音樂。不用擔心，在這樣的經歷過後，最終自身的主題依舊會再度浮現，於是又能重新遇見自己的音樂。在這樣的重逢下所寫就的內容，將會是有風格的文章。

攝影師荒木經惟也曾說過他在「遇到瓶頸時會替換相機」。他會擱下平時用慣的相機，手持著便宜的立可拍相機，上街拍照去。他也說過「遇到瓶頸時會換女朋友」……

嗯，關於這點我就不是那麼清楚了。

(3) 變化主義

我打從以前就對社會上所流行的東西不感興趣，從小學開始就是這個樣子，總是跟不上班上同學所談論的話題。大家都在看的卡通我從沒有看。

所以完全不曉得什麼是宇宙戰艦大和號、鋼彈跟新世紀福音戰士。在次文化盛行的現今來看，可以說是嚴重的基礎教育不足，但我卻不以為意。我只要不張揚就沒人曉得，若是碰上必須針對這些主題寫作的情況，屆時再去了解就好。說難聽一點，這些內容不過是應用題，只要打好真正的基礎教育（古典）的底子，就能突破重圍。關於這一點，我會在第20發的內容中說明。

在我還小的時候，歌唱節目風靡一時，但因為我不看電視，所以也完全沒接觸到流行樂。當時我聽的是端唄、小唄[41]或是電影配樂、二戰前的流行歌和古典樂的小品。

但我也不覺得這樣是沒問題的，尤其是一九七〇年代的流行樂，這個年代的音樂除了靈魂樂、拉丁音樂、爵士樂、傳統流行樂以外，更是日本人接受西方音樂的精華薈萃區塊，以前的自己對其視若無睹，只能說是怠忽職守。而日後我也努力將這一塊空白給補了起來。

寫作者應當不時去變化自身所信奉的主義。只要一年左右的時間即可，集中火力去欣賞自己一直以來避聽的音樂、避看的電影、避讀的書籍類型。不管是以前或現在，我總是嗜讀古典文學作品，但我也曾經在某段期間集中火力閱讀當代日本作家的創作。當時讀的是極受大眾好評的暢銷作家作品，雖然並未因此沉迷，卻也學習到相當多東西。

所謂的「主義」，其價值是立基於「不變」這件事上，但**如果是為了豐富個人的文章風格，管他是主義還是什麼，都先改變再說，之後再重返正軌即可**。寫作者所秉持的主義是「無主義主義」。

(4) 變化寫作主體

套用時下流行的說法，就是去變化人設，也就是改變性格。讀者或許會懷疑其可行性，但是就文章風格來說是有可能的。

我在國中時讀畢夏目漱石的《少爺》後深受影響，非常喜歡書中的主角少爺。少爺

41 端唄是日本江戶時代晚期至幕末期間在江戶所流行、以三味線伴奏的歌曲，日後發展為小唄。

是典型的江戶人，行事輕率、做事少根筋，說話既不中聽，在人際往來上也不善於心計。笨拙且淡泊，特別討厭鄉下地方的土氣。當時我覺得少爺跟自己很像。

在那之後，我不管是寫讀書心得還是校外教學的作文，寫作主體的形象跟性格都是以「少爺」為出發點。內心想著如果是少爺的話，應該會這麼寫，讓自身完全化身為少爺來寫作，行文間以江戶人聲勢非凡、鄭重其事的口吻來敘述。

而這種人物設定極為方便，是可加以「穿脫」的，跟人偶裝沒有兩樣。就我本身而言，我不外乎是拜倒於太宰治、沉迷於吉姆．湯普森（Jim Thompson）和查爾斯．布考斯基，或是遭到普希金入侵、腦袋被海德格占據，而每回我也就跟著替換一次人物設定。畢竟以前我是最討厭「鄉下地方的土氣」的，但現在也是窮鄉僻壤的農夫跟獵人。

但是寫作主體（亦即人物設定）若是跟自己不合襯的話，就會變成是在演鬧劇，只會顯得突兀而已。無論是編輯或讀者都不會把你當一回事，是會丟掉工作機會的。

然而，**如果能順利融入人物設定中、自己也能打從心底喜愛這種設定的話，那麼這將演化為你的風格之一**。你將能樹立起文章風格。

無須將自身局限於單一風格中，風格越是多元越好，你的人生也會因此更加多彩多姿。這是創作之餘所能獲得的最為豪華的附錄品，是「附贈的贈品」。

讀者們自然而然會去質疑這個「附錄品」之外的「正文」又是什麼，就讓我在接下來的「ＳＴＥＰ」中來發射下一發子彈。

STEP

切勿懼怕誤讀

藝術家森村泰昌在他著作《自畫像的去向》中詳細分析了梵谷自畫像的演化歷程，提出了「自畫像中的『臉』會接二連三脫胎換骨、持續進化」這個相當重要的觀點。另外他也寫到了「『成為畫家』這件事，即意味著『畫風』的樹立」。

此處將畫家換成寫作者、畫風換作風格（文章風格）來解讀也無妨。**成為寫作者這件事，即意味著風格（文章風格）的樹立**。

生於荷蘭的梵谷在流轉於倫敦與比利時後，遷居至當時為「世界之都」的巴黎。而他在巴黎所繪的第一幅自畫像油畫依舊是黑白色調，但這種陰沉的自畫像色調之後逐漸變得多彩，他甚至還嘗試了秀拉風格的點描畫。

在那之後，梵谷移居至陽光普照的南法亞爾，並從日本的浮世繪獲得相當大的啟發。觀賞了複製畫的梵谷，大大誤解了日本這塊他未曾親眼目睹過的土地。而他便是從誤解中樹立了個人的畫風。

變換所在地，切莫畏懼他人對自身所帶來的影響。去模仿。用自己的腦袋去思索、咀嚼、消化、吸收，哪怕是誤讀也無妨。

真正的問題在於自身的「誤讀」是否是具有深度的誤讀，這樣的誤讀是否是不違背內心、誠實的「誤讀」，以及那是否是先人未曾有過的「誤讀」。

如果答案是肯定的，那麼這個「誤讀」將不再是誤讀，而會是風格。

從「當下」的自身到「將成形」的自身

方才我提到成為寫作者等同個人風格（文章風格）的樹立，而這樣的文章風格必須具備有個人的原創性。所謂的「原創性」的關鍵便取決於「非當下的自己」。

關鍵在於「將成形」的自己。去模仿、理解、誤讀，然後讓自身成形，樹立風格。

因為「自身」其實並非「自身的所有物」。

我是在成為農夫跟獵人後，才生平第一次理解到身為農夫、獵人究竟是怎麼樣的感覺。人活著就必須攝取米飯、麵包、魚肉以及蔬菜。我們必須扼殺其他生命才得以生存，我們的生是建立於他者的死亡上。此即生命「現象」的本質。

所以說光是**「當下」的自己是不足的**，若未納入**「將成形」的自己**，未免也太愧對於被我們所殺害、奪走性命的其他生命體了。

成為某一位人物、或是成就什麼樣的事蹟，這樣的未來尚未被記述下來。而這便是你筆下所該書寫的內容。

去獲取風格。

成為自己。

切莫停滯不前。

持續變化。

寫作這項行為的「附錄品」以外的「正文」，所意味的便是這麼一回事。

第14發

企劃【工具箱・第三層】

——只有我才能寫就的內容為何？

HOP

人人均有，但同時也是我本人絕無僅有的東西為何？

工具箱的第三層中所裝的是企劃。所謂企劃，意味著自己應當書寫的內容。

但對於許多讀者來說，他們就連自己該寫些什麼都沒有頭緒。那麼，就讓我換個方式來問吧。在獲得令人滿意的答案前，是可以不斷變化問問題的方式的。該寫些什麼這個問題，換個方式來問就是「我能寫些什麼」。

我們能寫些什麼呢？只要放眼看看推特、臉書、ＩＧ或是部落格文章，答案就不言而喻了，那便是「資訊」，也就是「information」。這是一個全民都能傳播資訊的時代。**然而相當棘手的是，所謂全民，同時也意味著撰文者是不是你也無所謂**。撰文者甚至沒有必要是人類，現在就連AI都已經開始能撰寫新聞稿了。

行文至此，企劃是什麼這個問題，儼然轉化為一個意味深長的設問：

只有我才能寫就的內容是什麼？

只有我這個人才寫得出來的東西，**那便是「情緒」**，也就是「emotion」。

情緒在世人眼中的價值多半次於理論或知識，我們從小到大也持續被教導不要「感情用事」。然而這樣的理解中，存在著一個相當大的錯誤，千萬不能以血氣方剛的同義詞或是模糊的印象來理解情緒。

不過使用情緒這個字眼，可能會給人一種捉摸不定感，我乾脆就具體一點用喜怒哀樂來說明好了。我們該寫些什麼？寫作的企劃為何？答案就是我的喜怒哀樂，可能的話，最好還是**我本人僅有的喜怒哀樂**。

喜怒哀樂，「喜」跟「樂」的差異

「喜」打從心底感到歡喜。喜事。可引發共鳴的事物。
「怒」受到義憤所驅策的情緒。讓人看不下去、想要發聲捍衛的事。
「哀」落淚。憐憫。是唯獨人類所持有的一種普遍情緒。
「樂」……樂的說明有點困難呢。

樂有別於喜，樂不是取悅自己，而是取悅他人。「樂」這個字是象形文字，其字源是持於手中搖的鈴（搖鈴）。持鈴進行歌舞、取悅神明，這樣的表演稱為神樂。**所謂樂，其對象並非自身，而是去取悅他人、讓別人好過**。

用更簡單的方式來說明的話，我認為樂就是「歡笑」，不過我要澄清，我所說的歡笑跟（笑）、（w）、（嘲）、（蒿）、（草）[42]可是一點關係都沒有。這幾個字眼一點都不會讓人好過，反而只是讓人覺得不舒服而已，是具有攻擊性的字眼。

我所說的歡笑跟這幾個字無關，指的是幽默。

「星期一，被帶往絞架的囚犯嘴上說道『看來這週也很幸運嘛』。」

「幽默帶有機智當中所不具備的神聖感，理由在於機智追求的不過是一種快感，又或者是藉由所得到的快感來充分滿足攻擊的慾望而已。」

（〈幽默〉佛洛伊德著作集3）

所謂的幽默有別於機智，是更為神聖的，它能為畏怯的人帶來鼓勵，讓他們的腳步更為輕盈，是能教人不禁漾出笑容的。

人失去笑容就活不下去；人缺乏幽默的話，就失去了存活的資格。

喜怒哀樂中，「樂」是最難寫的。你可以實驗性地找報章雜誌來讀讀看，其中描寫得最多的就是「怒」跟「哀」，「喜」則是偶爾可見。因此，若是出現讓人噗哧一笑的報導，這篇文章就會相當搶眼，讀者也會好奇這篇文章是出於誰手。

讓人發笑並不容易

可能是性格所致，我從以前就很喜歡寫有幽默感的報導或是專欄。從以前到現在，

42 這幾個字均為時下日本年輕人用於表示「笑」這個意思時所經常使用的字眼。

我想寫的一直都是能讓人噗哧一笑的文章，而非帶有憤怒或悲情、高聲主張的內容。

我到現在都還清楚地記得，在我還是二十多歲的小夥子年紀時，某天報社編輯高層在讀了我所撰寫的報導後來到我身邊，稱讚我說**「跟十篇社論相較之下，要寫出能讓人發笑的一句話，可是難得多了」**。當時我所撰寫的雜誌報導是關於一位賭上性命、憑藉一艘小船打算橫渡加勒比海，亡命前往美國邁阿密的古巴人。不過我並沒有將他描寫得很悲壯，而是寫成了讓人發笑的內容。

那個當下我的腦中閃過了這樣的念頭：如果自己今後要以寫作者的身分混飯吃，這會是自己的強項所在。我要寫的就是「樂」。雖然當時自己腦中還沒有明確的自覺將這樣的念頭化作語言，卻覺得自己找到了今後生存之道。我要寫的便是幽默、歡笑，是能讓拚了老命求生存的芸芸眾生可以鬆口氣、讓氛圍可以更加輕鬆的文章。

我目前手上有兩個連載期間持續了六年以上、性質完全異於（有些人說是完全異次元）報紙內容的專欄。專欄名稱為「身穿夏威夷衫種田去」跟「身穿夏威夷衫打獵去」，將這兩個專欄看作是插科打諢的鬧劇來閱讀也無妨。不過就寫作者的立場而言，我其實是想藉由幽默這樣的糖衣來傳達更深的內容。簡單來說我是想批評新自由主義，是想對發展過頭的資本主義提出異議。但我的本意不在於舉發或是控訴，而是以化身為小丑的心態來書寫，希望讀者們可以開心閱讀，博君一笑。

「藥物必須甜美，真理必須美麗。」

（〈家〉契訶夫）

電影導演比利·懷德曾說過：「你若是有話想說就儘管暢所欲言，但記得要裹上巧克力糖衣」，他口中的巧克力糖衣指的是什麼？

答案是幽默。

人為何會發笑？**笑容是人在危險、緊張、壓迫、憤怒以及哀傷中暫時獲得解脫的瞬間所吐出的氣息**。笑容是帶有甜美氣味的象徵物。

發射前鎖定目標——讀者在哪裡？

我還想再針對另一點說明，俗話說「槍法再糟的獵人，亂槍打鳥總會中」。

我是從二〇一六年開始成為一位亂槍打鳥的獵人，也打算一輩子持續打獵下去。但為何我會如此沉迷於打獵？那是因為寫作跟打獵其實非常相似的關係。

打獵要進步並不容易，就我的情況來說，在狩獵期的三個月中，大概只能獵到三十隻，最多也不過五十隻的野鴨。雖然我說「也不過」，但以一名新手獵人來說，這數量可是不少，這點我還頗自豪的。

讀者們可能會覺得，能獵到這麼多就很不錯了，但事實絕非如此。就算獵到這個數量的二到三倍也絲毫不足為奇，這也意味著我的失準程度之高。

有句話說「槍法再糟的獵人，亂槍打鳥總會中」，事實也真的是如此。實際射擊過就知道了，槍法糟的人，再怎麼射都射不中的，槍法永遠一樣糟。

但為什麼槍法這麼糟的人可以獵到三十到五十隻的野鴨？

那是因為野鴨數量夠多，是因為我碰上了相當大群野鴨的關係。去尋找野鴨的出沒地這一點可是重要多了。並不是我去瞄準野鴨，而是野鴨自己送上門來讓我射的關係。所以正確來說，不是槍法再糟的獵人亂槍打鳥都會中。

而是槍法再糟的獵人都有野鴨送上門來。

應該改成這樣才是貼切的形容。

寫作亦然。去找到野鴨出沒的場所，說穿了就是這樣而已。

在寫作中野鴨指的又是什麼？這麼說雖然失禮，但就是讀者。去仔細觀察讀者感興趣的範疇。時下社會的政論節目、體育新聞、社群網站中，哪些話題最熱門？哪些話題被炒得最為沸沸揚揚？

藝人的吸毒醜聞、外遇、新冠病毒，這些話題絕對名列清單上。眾人的興趣所在、低俗的好奇心、看熱鬧的心態、金錢和慾望糾葛之處，去光明正大地書寫關於這樣的內容。

重要的是不要去針對話題「本身」書寫，這樣的文章早有前人寫過了，該領域的專家或學者也大有人在，我們應該要去絞盡腦汁的方向是，以這樣的話題為契機，去探討對於眾人、對於世界而言，這種低俗的話題究竟意味著什麼。

而**具體切入點的思考練習跟「『轉』的寫作方法」其實大同小異**，這點我在第6發的內容中已經說明過了。

寫作時總被告誡要超前讀者半步布局

我再順帶提一點，有時發現大批野鴨群時，天空會變得黑壓壓的，但即便如此，我還是很不爭氣地只能射中一隻。為什麼會失準？一部分是出於碰上鴨群太過興奮，不過主要還是因為我太專注於在瞄準野鴨這件事上。

野鴨是飛行速度相當快的鳥類，因此射擊時必須瞄準的是野鴨飛行方向的略微前方之處。

瞄準野鴨（讀者）時，子彈是射不中目標的。該瞄準的不是野鴨，而是位於野鴨前方的「空間」。

瞄準空間指的是什麼意思？意思是寫作時要**超前讀者（野鴨）的腳步半步來布局**。撰寫某項主題時，要去思考讀者「應該已經具備這些背景知識、也思考過這樣的問題」，並在這樣的基礎上超前半步來布局。超前一步的話則嫌過多，讀者可能會跟不上，導致書寫的內容過於「前衛」。

不過話說起來簡單，超前讀者半步布局教人摸不著頭緒對吧。只要**搞清楚讀者位於何處、清楚掌握人數比例**，並且大量匯集從古至今的相關報導篇章內容即可。

假設你手頭上有個稿件是要針對「藝人吸毒」撰稿，那麼就盡可能地大量匯集與這個主題相關的報章雜誌報導、書籍，以及網路上的相關言論。將報社的付費資料庫、都立中央圖書館的新舊書籍、收藏於大宅壯一文庫中的古老雜誌報導都徹頭徹尾讀過一遍。閱讀網路新聞或部落格文章也無妨，不過必須理解到這些都是眾人已經熟知的資訊。當今的寫作者都不懂得利用網路以外的資源，他們不會想要親自前去有栖川公園或是八幡山[43]，他們只想在書桌前了事。

獵人這份工作說穿了不脫槍、狗、雙腿。雙腿不出字面上的意思，就是雙腿。就是移動距離。萬萬不可想節省腳力。

限制所帶來的視野

另外還有一點必須說明的是，若想找尋到「空間」（space），重要的不是去思索要寫什麼，而是去思索不寫些什麼。

以前我曾被委託將「～之路」作為主題來撰稿，接到這樣的委託時，一般的寫作者多半會針對實際存在的道路來寫。

此時應該要下定決心的是，不要去寫〇〇道、△△巷這種一般常見的「普通道路」。首先該思考的不是要寫些什麼，而是不去寫些什麼。

當時我所寫的是「沉重的整地手推滾筒．充滿考驗的道路」。這句話是動漫主題曲中的歌詞，「整地手推滾筒的道路」可是上哪兒都找不到的路，它不存在於物理空間中[44]。我寫的是一條不存在的道路。其他寫作者會去寫的內容我絕對不碰。首先要決定的是不寫什麼，空間於是便將從中誕生。

43 東京都立圖書館位於有栖川公園中，而八幡山附近則是有專門收藏雜誌的大宅壯一文庫。
44 日本動漫《巨人之星》主題曲中的歌詞，作者曾於第6發內容中介紹到與此歌詞相關的軼事，詳細內容可參閱第6發。

瞄準「空間」。

寫作這件事，就是在世界中創造出空間的行為。

STEP

工作即生活——時刻惦記著工作

該如何定義一名好的寫作者？自備企劃的寫作者便是好的寫作者。企劃的量與寫作者的質是成正比的。企劃其實也就是發想、創意巧思。一名優質的工作者，是擁有大量企劃的人。企劃能力占了工作能力的九成。

當然所謂畢生志業這樣的東西也是存在的，畢生志業只需要有一個方向，頂多兩個也就夠了。但企劃卻不是這麼回事，企劃取決於發想能力，所以非成為腦中時時刻刻都掛記著工作的工作狂不可。但想不到的是，「工作生活平衡」這樣的概念竟也滲入了像是報社這樣的組織中，未免也笑死人了。**對於創作者來說，工作生活平衡是不存在的。「工作即生活」**。創作者都是對工作上癮的人，時時刻刻，不管是醒著還是睡著，都持續地在思考創作內容。

創作者的枕邊永遠會備有記事本，因為他們無論是「醒著還是睡著」，都在思考創作內容，所以真的就連做夢都會夢到工作。我過去甚至有睡到半夜突然跳起來的經驗。

水木茂、赤塚不二夫、手塚治蟲這三位漫畫界巨頭的女兒剛好年齡相近，以前我曾推動讓這三巨頭對談的企劃，並加以採訪。當時所整理成的報導標題為「ゲゲゲ（gegege）的女兒、レレレ（rerere）的女兒、ララ ラ（rarara）的女兒[45]」，日後還出版成冊。

而這個企劃的標題是我在睡夢中想到的，當時我在大半夜跳起來。真的就如同字面上的形容一般，我是在掀開棉被後跳出被窩。

某篇書評這麼評論我的標題：「若是有書名大獎這樣的獎項的話，奪冠的毫無疑問是這本書」，甚至還寫到這個書名值得拿到十片坐墊[46]。

對於寫作者來說，能讓**腎上腺素大量分泌的瞬間**既不是金錢、也非獲得名譽，而**是發想出絕妙的企劃時**。工作即生活指的就是這麼一回事。

但是發想企劃具體來說應該怎麼做？在此讓我提供一些方法。

45 水木茂的著作《鬼太郎》的原文名為《ゲゲゲの鬼太郎》，而赤塚不二夫的著作《天才妙老爹》中有個名為「レレレ大叔」的角色，手塚治蟲的著作《原子小金剛》的動漫主題曲歌詞中，則是反覆出現了「ららら」這句歌詞的關係，作者因而聯想至這個標題。

46 這個譬喻是來自日本的長壽綜藝節目《笑點》，節目中會邀請六至八名日本知名落語家同台演出，進行機智問答，落語家若是在問答中提出了巧妙有趣的答覆，便可獲得一至兩片坐墊，隨著節目進行坐墊可逐漸累積，積累到十片坐墊時則可獲得獎賞。

為何要讀報紙的書評？

閱讀報紙的新書介紹欄。

二十多年來，我所做的就只有這麼一件事，卻也不曾中斷過，拜此所賜我的寫作生涯才沒有斷絕。

我本身曾經負責過書籍的廣告欄所以很清楚，報紙的書評版面在製作上是相當耗費金錢與時間的。我甚至覺得如果要讀報紙的話，光是讀這一版就夠了。

只不過發行於全國的報紙都得讀過才行。我會在便利商店、車站的小賣店或是附近的報紙專賣店購買朝日新聞、每日新聞、讀賣新聞，以及週六或週日發行的日本經濟新聞。若是再加上自己的居住所在地所發行的當地報紙，每個星期我至少會鉅細靡遺地閱讀五份報紙的書籍介紹欄。

如果是住在東京或是大阪、札幌、福岡等大城市的寫作者，除此之外還必須去巡一下書店。**必須像是進行定點觀測一般，定期去巡固定的一至兩間書店**。檢視書店中的所有書架，要勤加造訪到馬上就能掌握新書上架時機的程度。

所謂企劃，說穿了其實就是編輯。去全方位地觀察上市的書籍，去發現當中是否有嶄新的共通點或是切入點。去找到其中共同的關鍵字，去察覺那之中是否存在「時代的氛圍」，雖然我不是很喜歡這樣的說詞。運用這樣的觀點去「切入」，這便是企劃。

而最適合拿來進行全方位觀察的媒介就是「紙本書」。

為什麼是紙本書？**因為紙本書中承載著熱情**。

作者、編輯、設計師、印刷廠、業務、書店店員……一本書在完成之前所牽涉到的相關人員，比方說跟「note」網站[47]拿來兩相比較的話，可以說是多到令人不敢置信。**必須要有這麼多人同時將精力傾注其中才能成形的媒介就是「書」**。砍樹、製造紙漿、印刷後將書籍堆疊至卡車上，並消耗石油排放二氧化碳，再運送至遍布全國的書店。這種跟時代反其道而行、破壞環境的媒介便是紙本書，而這樣的成品絕非單憑作者本身的熱情便能實現的。

這個時代唯一可以信任的只有熱情。一本書的背後究竟有多少人全力以赴地投身其中？紙本書這種媒介中所蘊含的熱情總量可說是壓倒性地高，卻也相當便宜。所以說怎麼能放過這樣的媒介，不去善加運用呢？

47「note」是由note株式會社於二〇一四年四月開始營運的網路媒體平台，可投稿文章、照片、插圖、音樂、影片等作品，閱覽網站的用戶則可針對投稿作品點讚或是分享至其他社群網站中。

因此我才會去閱讀報紙的書評。我最少會針對五份報紙的書評版面來剪報，不錯過任何內容、鉅細靡遺讀過。所謂書評，不用說當然是介紹書籍的內容，而其中肯定會有吸引你的書評。我每週閱讀五份報紙，平均會有三到四本吸引我的書，我則是會將吸引我的書評文章畫線標記下來。

畫線後，我會加註個人的筆記（標題）在上頭，甚至還會將這些書評分類至文件夾中。

此時最重要的是，切勿保留不曉得可以運用在什麼樣的企劃上的書評。留下了不曉得該如何運用的東西，反而會造成妨礙。

比方說專業的寫作者除了畢生志業的大企劃以外，若是無法馬上列舉出四到五個可連載於報章雜誌的的中等規模的企劃，可說是就不配當寫作者了。以我為例子來說，目前我所可列舉出的中等規模企劃有「人工智慧」、「天皇制」、「日語」、「移居／定居」、「大眾、流行主義」、「離島」、「私塾」、「資本主義」等。而我也總是敏感地去捕捉匯集與這些主題相關的資訊。**去將吸引自己的書評收納至文件夾中，只要放進去即可**。

之後便是釀造、熟成的期間。並不需要馬上購買、閱讀這些書，等到與某個主題相關的書評匯集到五、六篇後，再去實際將書給找來看。要詳加閱讀前言、結語，還有特別是目次。去找到自己在書評中所畫線的內容，並閱讀該處的前後幾頁。

──書籍介紹欄▼企劃②── 活用圖書館的方法

應該上哪去取得書？答案是圖書館。尤其若是住在大都市的話，務必要善加活用位於自己的居住地、離自家最近的圖書館。

近年來因為預算縮減，圖書館的購書量也越來越少，所以我所說的活用離自家最近的圖書館，並不代表著要你完全去依賴那間圖書館的館藏。

可以透過離自家最近的圖書館預約十本閱讀書評後吸引自己的書。以東京來說，若是該圖書館的館藏中沒有這本書，圖書館員會幫你查詢其他區立／市立圖書館中是否有此館藏，有的話，便會幫你調來這本書；沒有的話，則會幫你詢問隔壁區／市的圖書館，有此館藏的話，同樣會幫你調來這本書。但如果連隔壁區的圖書館也沒有的話……

其實住在東京最大的一項優勢就在於此，也可以說住在東京唯一的好處就只有這一點，那就是東京有兩座都立圖書館。其中之一是位在坐落於港區麻布的有栖川公園中的都立中央圖書館。對於還算上進的寫作者或紀實文學作家來說，這間圖書館基本上是無人不知無人不曉，是極為「好用」的超級圖書館。幾乎所有以日文書寫的新書都能在館藏中找到，善本書和史料也相當豐富，只不過這些書籍無法外借。實際跑一趟麻布，搜尋並影印，然後當日歸還，這樣的行為還頗費功夫的。

在碰上自己平常所利用、離自家最近的圖書館或是區／市立圖書館以及隔壁區／市立圖書館中沒有館藏的情況時，圖書館員就會特別從都立圖書館為你調書。而都立圖書館中禁止外借的書籍，則是可在自家中盡情地詳加搜尋。

假設你每週日想從離自家最近的圖書館借十本讀過書評後被誘發興趣的書，而那間圖書館頂多只會有其中的一至兩本，這也無妨，無論是否能在館藏中找到，一樣預約十本（或者是預約最多可外借的冊數）。然後在下一個週日前往圖書館領取已經到館的兩、三本書，接著再追加預約兩、三本……

只要不斷反覆這樣的過程，**每週日就會有十本新書在圖書館櫃台等待你的領取**。對於像我這種住在鄉下的人來說，簡直就是夢幻的系統，所以說住在大都市的人更沒有理由不善加利用。

孕育企劃的文件夾

從圖書館將書借回家後，就像我方才提到的，**首先仔細閱讀前言、結語，還有特別是目次，找到自己在書評中畫線的部分，閱讀該處的前後幾頁。如果覺得這本書派不上用場的話，就馬上歸還。而判斷書中該處內容為派得上用場的資訊時，就影印下來，並保存於自己的企劃文件夾中。**

閱讀書中內容後，發現需要再多花一些時間精讀時，就切勿遲疑，將它買下來。務必要買下來。將書買下來能方便你摺頁、畫線、做筆記，並且在日後摘抄下來。「摘抄」對於寫作者來說是攸關生死、至關緊要、最為終極的重要工作，關於這一點我會在第21發的內容中說明。

以這種方式所整理、擴充出的工具箱中的第三層，以及被放入文件夾中的企劃專區，不出數個月就能化身為內涵豐富、深具原創性的收藏空間，是除了你本人以外沒有其他人能使用的工具箱。那是因為那些書籍資料間的關聯性只有你明白，雖然在他人眼中看來毫無章法，但在你的眼中卻是排列得井然有序。在「天皇制」這個企劃主題的文件夾中肯定會有歷史和政治學方面的書籍，但同時也可見生物學跟人類學的著作，甚至還有小說跟漫畫。而這幾本書之間可以被如何串連起來，除了我本人以外無人知曉。

這一點是最重要的，**將唯有我本人所通曉的內容串連起來**，這樣的行為即為編輯，也是企劃的精髓所在。

古希臘的德爾菲神殿中刻著「認識你自己」這樣的神諭，這句話換言之，其實意味著了解自己是最困難的一件事。而**企劃便是認識自己的過程**。匯集資訊、整理、重新排列組合、去蕪存菁、架構大綱，在歷經這樣的過程後才會發現「原來自己腦中思考的是這樣的內容」，就連自己也會對自身腦中所思考的東西感到訝異。同時，若是連自己都無法感到吃驚的話，那麼更別說是能去驚豔自身以外的讀者了。

現在讓我回到一開始的問題，企劃是什麼？

企劃就是讓自身吃驚。企劃就是發現自己。企劃就是去認識你自己。

第15發

敘事手法【工具箱・第四層】

——將有限的故事化為無限的最強武器。

HOP

大家只想聽「有趣的話題」

工具箱的第四層，也是最後一層收納空間，便是「敘事手法」。我查了一下手邊的《讀者英和辭典》，敘事手法（narrative）的說明如下：

敘述方法、敘述、敘述內容、故事性質的作品【創作】

在我這個匯集了報社記者、自由文字工作者與攝影師的個人私塾中，名聲最享譽的課程內容就是「敘事練習」。無論是電影、書籍、音樂也好，又或者是工作也無妨，任何話題均可，我會讓學生們當眾敘述在最近自己所感動的事物中，那份「感動」的具體內容。雖然這不過是喝酒聚餐之餘順帶的活動，但我必定會讓學生這樣練習。

然而這樣的練習帶給人的壓力似乎不小，在我這間私塾中，有個進入報社工作才一年的年輕女孩，總是相當畏縮。畢竟是要在大批經驗十足的前輩面前分享「有趣的話題」，肯定是相當緊張的。而結果也不出意料，在她分享完後，完全沒有人賞臉發笑。不管她分享的是電影還是小說，前輩們的評語總是「無聊至極」。

比方說我讓她分享指定閱讀書籍（第20發）清單中由海明威所著的《戰地春夢》中她所感動的內容，結果她只是不斷地反覆簡介這本書，真的是一點趣味都沒有。她也曾經因為我嚴厲斥責她不用再講下去時難過落淚。**但她似乎沒有搞清楚，「敘述自己所感動的內容」這項課題中的「內容」究竟是什麼**。

仔細想想，學生時期跟朋友談論到電影的話題時，最常見的對話會是「你看了那部片了嗎？」「看了看了，那部片超厲害的～」「真的～超精彩的」。那部電影中是哪一幕跟哪一句台詞超厲害的？是布景？演技？還是照明或走位？對方是不會追問這樣的問題的。問這種問題的人只會被人嫌難搞，最後被對方逐漸疏遠。

然而對於必須寫作供他人閱讀的人來說，這樣的地方才是關鍵所在。是「什麼樣的內容」讓自己感動？**是「什麼樣的內容」超厲害？必須要將那樣的「內容」透過具體且活靈活現的敘事手法呈現、化為文字**。這便是寫作者的工作。

試著敘述自己喜歡的東西

我當時一直很苦惱該怎麼樣才能讓她開竅，結果某次偶然讓她分享聚餐時所享用到的菜色時，她便敘述得相當活靈活現。除了傳達得很詳實以外，聽者在聽完後也忍不住想要嘗嘗她分享的菜色。她的分享內容水準高到可用於電視的美食節目評論，因為她徹底傳達出了「美味」的具體內容。

所以說，可以試著從自己真心喜歡的事物來著手敘事練習。去談論自己打從心底熱愛的事物。就這個女生來說，那樣的對象便是食物，雖然就一個二十四歲的年輕女生來說，這樣的主題似乎欠缺了一點看頭。

不管是電影或書籍都行，**①首先要先有敘事的主題②簡單說明故事概要③埋下誘發聽者好奇心的伏筆④將話鋒帶向出乎聽者意料的方向⑤以絕妙的方式收尾**。可能的話，最好在中途製造笑點。

栗原跟正子約定了每天都要把自己所見的事物敘述給她聽，內容不僅限於採訪的新聞內容。比方說，他會敘述在不二家的轉角處所遇上、過往不曾看過的乞丐，或是村岡醫院院子中開花的石榴。而正子總是興致勃勃地側耳傾聽。

提到石榴時，正子會不厭其煩地追問花瓣的顏色、形狀、味道，甚或是葉片的形狀；談到乞丐時，會問他身穿怎麼樣的衣服、身上帶著哪些東西，穿的是草鞋還是一般的鞋子。假設穿的是一般鞋子的話，還會問鞋帶是怎麼綁的、鞋子是黑色的還是咖啡色的。帽子呢？他看上去是哪裡來的人？接著感覺會前往什麼地方？他吃飽了嗎？還是是餓著肚子的？

栗原逐一回答她的問題。一旦碰上回答不出來的問題，正子的眼睛就會發亮。（什麼嘛，你的工作不就是觀察嗎？結果你根本就沒好好地去看……）

（〈晨光……〉野呂邦暢）

野呂是長崎諫早市的作家，他是一位如假包換的敘事天才。再怎麼細瑣、稀鬆平常的無所謂話題，他都能透過敘事手法吸引讀者閱讀。此處他所引用的是電視台記者跟臥病在床的女孩之間的對話。而這段內容也明確揭示了敘事究竟是怎麼一回事。

千萬不能讓這個女孩心生「什麼嘛」的感覺，必須去仔細觀察乞丐所穿的鞋子的顏色跟鞋帶。然而，重要的是，以此作為題材敘述時，務必要為這個題材賦予意義。這個女孩所期盼的不是你去鉅細靡遺地觀察一切，然後不知所以然地敘述。這個生了病、無法自由外出的女孩，**看重的是敘事的口吻**。

這個生病的女孩是誰？當然是讀者。乞丐的鞋子或是衣服的磨損程度、腳步、石榴花的顏色和味道，這些則是敘事內容。

而乞丐就是我們，是我們即將寫就的文章。他是餓著肚子，還是吃飽了飯；他從何而來，又將前往何處？

不對，用「前往」這個詞會帶給人一種目的地明確的印象，也意味著寫作者清楚知道文章最終的走向。將前往何處？又能延續多久？答案無人知曉。

「前往」這個詞不對，應該說是「離去」。

假設我們所談論的是文章的話。

STEP

敘事手法永遠都是新鮮的——不會有用盡之時

二次世界大戰結束後，掀起過好幾波落語的流行風潮。這陣子講談界[48]中也有年輕的人氣講談師嶄露頭角，可見復甦的徵兆。我推測之後浪曲[49]也會重返流行，因為目前出現了氣勢當頭的新生代。

我本身會經常不厭其煩地反覆聆聽由不同落語家所講述的相同劇目。但既然都已經知曉故事走向，為何我能耐得住這樣反覆聆聽已經不曉得聽過幾遍的故事？

那是因為敘事手法不同的關係。

敘事手法就是話術、口吻、語調、韻味。不過必須留意的是，敘事跟故事在意義上是不完全一樣的。

故事是有限的，但敘事手法（口吻）卻是無限的。

莎士比亞的《羅密歐與茱麗葉》描述的是一對出生於對立家族間的年輕男女的戀愛悲劇，而這個故事也被換湯不換藥地在電影、音樂劇、電視劇、小說中持續獲得新生。著名的音樂劇電影《西城故事》便是例子之一，而近期的韓劇《愛的迫降》，用比較沒有那麼嚴格的角度來說，其實也是相同故事的變奏罷了。

這樣的**變奏所憑藉的便是敘事手法**。

故事其實並沒有那麼多可以寫，莎士比亞一個人就把所有的故事都給寫光了。撇開莎士比亞不說，所有故事的原型，其實都可以追溯至神話中。

然而**敘事手法則是因人而異**。即便是相同內容的落語，早一輩的桂文樂[50]跟古今亭志生[51]所講述的落語，跟晚一代的三遊亭圓生和立川談志[52]所講述的落語，聽起來就宛如不同的故事，這是因為敘事手法不同的關係。每一位落語家會各自在故事的著力點、所強調和省略敘述內容及人物描繪上添加細微且關鍵性的變化。同樣是貝多芬的交響曲，為何福特萬格勒、卡拉揚、傑利畢達克和朝比奈隆會各自有不同的粉絲群擁護？那

48 跟落語相當近似的日本傳統曲藝表演藝術，而講談跟落語的差別在於講談家是以全知的第三者身分敘述故事，落語家則是會將自身代入登場角色中，以表演對話方式來說故事。

49 日本傳統說唱表演藝術，表演方式為單人說唱，並以三味線伴奏，傳統浪曲的劇目不少是取材於講談等民間故事。

50 落語家的名號，現已傳承到第九代，這九代中又以第四代和第八代桂文樂要來得特別著名。作者於書中提及的桂文樂推測應是第八代桂文樂（一八九二～一九七一）。

51 一八九〇年生於東京，是日本明治後期至昭和期間活躍於東京的落語家。NHK於二〇一九年所播放的大河劇《韋馱天～東京奧運故事～》劇中便是以古今亭志生以落語方式作為旁白，來描述日本首次成功爭取主辦奧運的故事。

52 一九三六年生於東京的落語家，精通古典落語的同時，也持續意識到現代與古典之間的斷層，長期以來持續通過理論與感覺的雙重面向挑戰落語的可能性。除了落語以外，也擅長講談和漫談，在曲藝界中以涉足範疇之廣而為人所知。

是因為指揮家的敘事手法中有著決定性的差異存在的關係。

老學者的敘事手法跟阿寅的敘事手法

將有限的故事透過無限的敘事手法傳遞給讀者，這便是我們的工作，我們便是媒介（media）。

「media」即為「medium」，我在再次查過《讀者英和辭典》後，發現這個詞的說明如下：

a. 媒介物、媒質、媒體、導體。「空氣是傳遞聲音的媒介物」
b. 手段、權宜、（大眾）媒體、記錄／記憶媒體（磁碟等）
c. 斡旋者、巫女、靈媒

意思越來越清楚了。

a 所提到的「媒介」指的是媒質。

將石子投入池中會掀起漣漪，而這道漣漪會傳遞至對岸，這便是文章。將某種力學現象作用於位於對岸的他者身上。不是朝著位於對岸的讀者扔擲石子，而是將石子丟入池中。

b所提到的「媒介」則是記錄媒體。若是缺乏「我」的存在的話，這個聲音就無法為任何人所接收。這世上既有生者的聲音，也有死者的聲音，甚至有尚未出生於這個世上、來自未來的聲音。動物跟樹木也有聲音。去豎耳傾聽這樣的聲音，並將之記錄於文章中。

c所提到的「媒介」指的則是巫女、口譯。

當自己被某項事物深深打動、人生起了莫大的變化時，這樣的體驗是不能私藏的，**是必須傳遞出去的。將自己的這份感動用自身的話語、自身的敘事手法，而且是自身獨一無二的敘事手法向他人口譯。**

敘事手法具體來說該如何鍛鍊？聽曲藝是最好的途徑。落語、浪曲、講談、說經節，小說或是詩的朗讀CD也可以。可以的話最好買下來，但如果你是沒有錢的年輕人，那就仰賴圖書館也沒關係。只要是找得到的都拿來聽。

又或者是只要看某部DVD也能領會個中精華，我建議去把《男人真命苦　傳說中的寅次郎》這部片找來看看。

阿寅（渥美清）跟親戚中的一位老學者在山間的公車上偶遇，兩人於是結伴旅行。

在接下來的路途上不愁沒錢花的寅次郎於是鬆了一口氣，隨心所欲地盡情遊山玩水。某天，老學者向他說起了《今昔物語》[53]中一對男女的苦戀故事。

從前從前，在某個地方有名絕世美女，一名男性煞費苦心地追求她，好不容易才將這名美女迎娶入門，然而美女在那之後卻罹病……

志村喬飾演的老學者，口吻淡然，其韻味教人讚賞，敘事中更讓人感受到人生的「無常」。

深深被這個故事打動的寅次郎之後踏上了「進修」的旅程。一陣子後，他路經故鄉葛飾的柴又，便向小櫻一家人轉述了這個故事[54]。寅次郎的身分是攤商、沿著大街小巷兜售的小販，因此他的敘事方法比較加油添醋，是那種路經的歐巴桑會想停下腳步來一探究竟的內容。跟淡泊的老學者相較之下，是更加活生生的。他的敘事是屬於結髮多年的老妻，不經意以溫柔目光望向身旁不中用老公的那種感覺。

然而我在實際將今昔物語的原文找來看後，才發現跟老學者的敘事也有頗大的出入。

夢野久作所著的《腦髓地獄》[55]也有著類似的事例，這個故事比起前面提到的任何一個故事都要來得寫實且來得獵奇。而江戶川亂步所著的〈蟲〉則是以腐壞的屍體為主題，完全是另一種故事的呈現。黑澤清導演的電影《X聖治》中，則是無意識地都納入了上述的敘事手法，堪稱恐怖電影中的世界級傑作。

將用字遣詞轉換為助力

敘事手法也可說是「陳述的力量」。陳述的力量是什麼？簡單來說就是「用字遣詞」的力量。

古池呀，蛙躍入，水聲響（松尾芭蕉）

方啖一顆柿，鐘聲悠婉法隆寺（正岡子規）

為什麼古池後頭接的是「呀」？為何不是古池「的」、古池「中」？又為何鐘聲非

53《今昔物語》是日本平安時代末期的民間傳說故事集。

54 小櫻是寅次郎同父異母的妹妹。

55 推理小說家，夢野久作為其筆名，意指精神恍惚、整天做白日夢之人。一九二六年發表怪談〈妖鼓〉，正式於文壇出道；一九三五年發表代表作《腦髓地獄》，內容涉及精神病學、民俗學、考古學、回憶錄等。

得「悠婉」不可？那是因為某些風景、情緒，唯有透過這般陳述方式才能呈現，這便是敘事手法，便是文章的力量。

故事早就已經都被說光了。事到如今，我們還能寫些什麼？在現代，寫作的意義何在？**將訊息傳遞給他人、打動人心，自身也因而獲得救贖**。如果這樣的好事是可以被期待的，那是因為我深信敘事這項行為的力量；那是因為我曾經在敘事中獲得了救贖。

故事是有限的，然而敘事手法卻是無限的。對於寫作者而言，此即救贖所在。

第五章

誘發閱讀興致的三感

第16發

速度感【三感・其一】

——用主詞和句尾來奔馳。

HOP

重複的用字會喪失節奏感

我曾在報社跟雜誌社擔任過所謂主筆的工作，主筆的職責是修改記者們所撰寫的原稿、下標題，讓文章內容具備商品價值。

而以下這篇文章是我在擔任主筆時，出自一位新手記者之手、俗稱「湊版面的文章」、「照片解說文」的原稿。

「坐落於〇〇市市中心的天守閣燈飾的點燈期間在延續了兩年又兩個月後，終於在今日滅燈。為數眾多的市民親臨舉辦於同一天的活動現場，惋惜燈飾點燈期間的結束。活動上特地於燈飾前架設舞台，可欣賞福音音樂和樂團的現場演出。觀眾們在欣賞現場演出之餘也不忘拍照，盡情享受將告結束的燈飾點燈期間。而燈飾就在晚上八點二十分左右，在觀眾們的掌聲下滅燈。」

這篇文章其實沒有太大的毛病，電視台播報的地區新聞中，會朗誦這種原稿的主播也絕不在少數。

然而我總覺得有種說不上來的不對勁感，感覺這篇文章就像一輛慢行列車，毫無速度感。簡單來說就是難讀。

這個短短的原稿中燈飾就出現了五次、活動出現了兩次、現場演出出現兩次、滅燈出現兩次、結束出現兩次、觀眾也出現了兩次。

「點燈期間持續了為期兩年又兩個月的〇〇市的天守閣燈飾，於△日滅燈。在特別架設的舞台上可見福音音樂和樂團的現場演出，燈光於晚上的八點二十分左右在觀眾們的掌聲中熄滅。」

這樣寫不是很好嗎？我所變動的其實只有改變用語，並去除掉重複的用字而已。重複用字正是減弱文章速度感的元凶，它會使文章的節奏感變差，抑制文章的律動。而有速度感的文章又是怎麼樣的文章？是一口氣就能讀完的文章，或讓人「覺得」一口氣就能讀完的文章。最簡單的方法就是縮短文章。

接下來是我的寫作私塾中一名擔任自由作家的學生所撰寫的文章。

「『我確實得耗費額外的心思』。感受到來自主管壓力的，是任職東京都內某大型資訊科技公司的男性（30歲）。雖然他每天省去了四十五分鐘的通勤時間，但取而代之增加的則是線上會議的時間。以前要聯繫就坐在附近的主管時，只需當下出聲便可溝通。然而轉為遠距工作後，事情可就沒那麼簡單了。為了讓團隊成員掌握彼此的工作進度，現在每天得花上一小時開線上會議。」

這篇文章說不上寫得不好，但我總覺得不好讀。讀著讀著就會停下來。其實只要把文章縮短，問題就能解決。

「『我確實得耗費額外的心思』。任職東京都內某大型資訊科技公司的男性（30歲）這麼說道。為時四十五分鐘的通勤消失了，但取而代之增加的是線上會議，每天得花上一小時。這讓他感受到來自主管的壓力。

過去他只要在自己的位子上就能跟主管溝通，因為主管就坐在附近。但遠距工作可不是那麼一回事，每天得花上一小時來開線上會議，以便讓團隊成員掌握彼此的進度。」

可以分成兩句話來傳達的內容，就全部分割為兩句來呈現。基本上我是這麼認為的。

節奏變化和不規則節拍——速度的祕密

不過前述的方法勢必有山窮水盡的一天。若將所有文章都縮短，則會變得單調、不再好讀。以棒球來說，能讓人感受到球速的，同樣是控球有緩急之分的投球。先是連續投出球速緩慢的曲球，然後在關鍵時刻投出一發位置偏高的直球。所以說球速落在一三〇公里的慢速直球也有可能奪下三振。即便是球速高達一五〇公里的快速球，若每發投出的都是這樣的球，對職業選手來說是輕而易舉就能擊中的。

文章也是如此，簡單來說就是要有輕重緩急。**如果連續羅列短文，文章便會顯得單調，反而會削弱速度感。應該交錯使用長文與短文，有效地變化節奏，並在重點**

處試著加入不規則的節拍。所謂節拍不規則的文章，換言之就是讓人難以跟上節奏的文章。

拿我自己所寫的文章作為例子說明雖然不好意思，但以下是我在專欄中針對一個名為「摩天樓」、以高速吉他演奏為賣點的樂團所評論的內容。

「在吉他的帶動下，其他樂器也跟著逐漸升溫，速度越來越快。鼓手敲擊的次數增多。（略）觀眾的興奮抵達最高點。在抵達臨界點後，演奏將展現出非凡的聲勢。這種奔馳感是絕無僅有的。

我有過這樣的經驗所以曉得，開車時是不能聽這種音樂的。是會撞上人的。」

慢、快、快、快、慢、慢、超快球

再舉一個例子。以下是我住在紐約時所撰寫的專欄內容。

「幾年前紐約掀起了一股漢字熱潮，便宜布料上印有漢字的襯衫在今年夏天也大受歡迎。只要在哈林區跟布朗克斯稍加閒逛，便可見到相當齊全的品項。（略）

只不過使用於襯衫上的漢字都很不得了，比方說像是『斬』、『殺』、『帝』等不具意義的漢字。我本想知會他們這很荒謬，但有預感他們的反應會是『嗄？這跟你又有啥關係』，然後被揍倒在地，於是作罷。

以前日本某大型化妝品公司在廣告中使用了『For Beautiful Human Life』這樣的標語，結果被許多定居於日本的英美人士抱怨『文法不正確』，報紙的讀者投書欄一時被炒得沸沸揚揚。T恤或枕頭套上頭所印的『日式英文』也成為英美人士口中『搞不懂是什麼意思』的笑柄。近期則是有日本流行樂歌手的英文歌詞被批評『錯誤百出』。看來日本人回嗆『嗄？』的聲勢似乎還有待加強。

我曾在時代廣場跟一名男子擦身而過，他穿的漢字襯衫讓我難以忘懷。當時我忍不住追上他，問道『這件襯衫很酷，你是在哪裡買的』。而他胸前的漢字寫著『二角形』。

這一切究竟是怎麼回事？」

我讓最後的兩句話化身為擺動的快速球，目標是奪下三振。這樣的配球相當淺顯易懂。

不過我希望讀者們將注意力放在上一段中提到的「For Beautiful Human Life」的廣告部分。這一段內容本身整體都屬慢球。我將話題轉向，開展新的內容、讓讀者思考，姑且中斷了文章原有的走向。要說這一段是慢球，或許說是不規則節拍來得更合適。

此即扮演了關鍵角色的兩球。

從這一節開始我將討論的是**速度感**、**節奏感**、**律動感**。「三感」是撰寫文章的祕訣所在。只不過比起看重每項技巧，意識到「三感」這樣的概念要來得更為重要。**換個方式來說，就是去思考**。去仔細觀察這個世界。在面對這個世界時，去建構出有別於過往、絕非套用他人的感受，而是純屬於自身、絕無僅有的觀察視點、視角以及思考方式。

但或許說**去找到純屬於自身的語言，並將速度感、節奏感、律動感視為達成此一目標的手段**，可能會來得更貼近現實。

STEP

日文缺乏邏輯？——主詞的省略、敬語表達

「日文缺乏邏輯」是一般普遍的看法。大家多半認為日文是訴之以情、透過察言觀色來傳遞意思的語言。而這項論點背後最為有利的佐證之一，便是省略的現象。因為日文會省略主詞，所以被認定是缺乏邏輯的。

確實日文是會省略主詞的語言，然而我話要先說在前頭，這可不是日文獨有的特徵。比方說西班牙文也會省略主詞，而這是因為透過動詞的變化即可明白主詞是誰的關係。

日文也是同樣不用特地明示主詞，聽者就能明白，所以才會省略。日文當中特別發達的敬語表達，也就是尊敬語、謙讓語、丁寧語等，其實就是讓人明白是何人在以誰為對象說話的測向儀。

我想讀過《源氏物語》原典的人並不多，而其中省略主詞的程度，就我們現代人的觀點來閱讀，簡直跟拷問沒有兩樣。但這絕不意味著作者紫式部的寫作功力不佳，又或者是日文是曖昧的語言。這是因為《源氏物語》堪稱敬語的教科書，正確地區別了尊敬語、謙讓語和丁寧語。既然紫式部是與書中角色出身相同的社會階級（亦即貴族），自然而然會採用可辨別主詞的方式來書寫。

換句話說，敬語不僅僅是透露是否具備敬意或謙讓之意的指標，同時更可讓人窺探說話者與聽者的教養程度。透過敬語可以判斷對方是否具備應有的智識。也就是說，敬語是用來區分界定的工具。

反過來說，拿英文來打比方，無論是怎麼樣的文章都絕不能缺少主詞，可說是相當中規中矩的語言。像「今天是好天氣」用英文來說是「It is fine.」，即便「It」幾乎只是空殼且不具意義，但還是必須放到主詞的位置上。

法律文件為何艱澀難讀？合約為什麼會被寫成沒人想讀、也讀不懂的文章？那是因為為了避免事後產生紛爭、要消除所有誤讀的可能性，於是將包含主詞在內的要素無一省略地撰寫出來的關係。

適度地省略主詞，除了能為文章帶來速度感，同時也是讓文章變得好讀的必要寫作技巧。

> 我做了一個不舒服的夢。
>
> 我化身一隻大黑鳥，橫越叢林上方朝西邊飛去。我身負重傷，羽毛上沾黏著暗紅的血跡。西方的天空為一整片不祥的黑雲所覆蓋，四周可嗅到一股微微的雨味。
>
> 好久沒有做夢了。
>
> （《聽風的歌》村上春樹）

這是村上春樹的處女作，同時也是我所喜愛的一部作品。我不是想挑這本書的毛病，但這一段短短的敘述中，主詞未免也太多了。「我」出現了三次。就我的寫作感覺來說，第一個跟第三個「我」可以刪去。

村上以不落俗套的文章風格出道，據說這部作品最初是用英文撰寫的。他先用英文撰寫，之後再自己譯成日文。因為他採取了如此複雜的寫作方式，或許「我」之所以會這樣接二連三地出現，跟他最初是採用英文寫作這一點有關。

如果現在式可以表達過去和未來

這一點姑且就不深究，行文至此我希望讀者們去注意句子的結尾。從第一句話開始，句尾分別是「～た」、「～た」、「～る」、「～た」、「～た」。就日文的時態來說，是按照過去式、過去式、現在式、過去式、過去式的順序來排列。而第三句之所以會採用現在式，並不代表那是發生於現在的事件。畢竟這一段所描述的內容是夢。就敘事者的觀點來說，若不採用過去式的話，會變成很奇怪的英文。

實際上英文版的內容如下：

I was a big, black bird, flying westward over the jungle, a deep gash in my side wings spattered with blood.

在西班牙文中則是採用了未完成過去式實際的文章為「Me habia hecho una herida」跟「tenia adherido el rastro negruzco」。

順帶一提，這一段在法文中為複合過去式，在德文中則是現在完成式。

日文的現在式除了目前的狀態和習慣以外，也能表達過去和未來的意思。而讓敘事者的意識可於時間軸上來去自如的「歷史上的現在」式，雖然並非日文獨有的時態，但卻給人一種經常出現於日文文章中的印象。有些學者甚至主張「日文不具時態」。但這不代表日文是曖昧或是缺乏邏輯，而是可視為是時態極具包容力、彈性相當高的語言。現在式既可表達過去也可表達未來，**可讓敘事者在時間軸上自在遊走，可帶出臨場感，是一部能讓讀者藉由敘事手法所搭乘的時光機**，所以絕非一件壞事。

句末的微妙變化，是為日文增添速度感、建構出流暢文章的關鍵所在。

英文、德文、法文、西班牙文這些歐語系的語言一般來說都具有相當豐富的過去式變化。以法文來說，過去式就包括了複合過去、最近過去、未完成過去、愈過去、簡單過去。西班牙文則是有簡單過去、未完成過去、現在完成、過去完成。對於母語為日文的學習者來說，歐語系語言的時態是學習上最困難的障礙。

此外日文中表示時態的謂語部分有別於歐語系語言，是放在文末的，因此容易顯得單調。

寫作者應避免易顯單調的重複使用，又或者是可反其道而行，藉由連續重複使用以達押韻效果。無論如何，寫作者須銘記在心的是，**句尾的時態跟放在句首的主詞一樣，是必須在精心安排下安置的小石塊**。

人所論述的內容多半是過去的事。就這個層面來說，人是活在過去的。而文章則是能讓過去復甦於當下的重生祈禱。

第17發 節奏感【三感・其二】

——安靜的文章也可自曲藝中取經。

HOP

將曲藝聽個透澈——落語、浪曲、講談、小說、詩

公立圖書館中有著大量落語跟浪曲、講談等曲藝的CD館藏。小說或是詩歌的朗誦也不錯，這種藝文CD借得到的就盡量借來聽。

其中若是碰到中意的CD，切莫遲疑，買下來就是了。**寫作的人，若是捨不得將錢花在書或是CD、現場表演的門票上，那就沒救了**。透過音樂所獲取的收入就應該回饋給音樂。而靠文學吃飯的人，就應該回饋給文學。

另外，我要對志在成為專職寫作者的讀者說，還年輕時從圖書館借書倒是無妨，但若能藉由寫作活下去的話，不管是音樂還是書，都應該要回饋給作者，非得自掏腰包去買不可。在Book Off[56]買或是在亞馬遜等二手書上架都是差勁至極的。一部作品既然在自己心中烙印下了痕跡，就應該回饋給作者，以作為這道痕跡的見證。沒有這種觀念卻還想靠寫作吃飯的人，未免也讓人笑掉大牙。

「笑掉大牙」，這是我最中意的一個嗆人用詞。我是在聽了第二代廣澤虎造[57]的浪曲後（我最初先是在圖書館借錄音帶來聽，在迷上他的浪曲後，隨即便「確實地」將整套CD給買下來），某天就突然喜歡上這個字眼。

這個詞出現於〈阿民的氣魄〉這首曲目中，故事中描述了受到東海道的大尾流氓清水次郎長[58]家族視為己出、無人不知無人不曉的名俠客森石松的死亡。

56 日本著名的二手書籍、CD、家電用品的販售連鎖店。
57 生於一八九九年，日本昭和時代的浪曲師，以《清水次郎長傳》的相關演目廣受歡迎。
58 日本幕末維新期的俠客，生於駿河國（現靜岡市清水區），也是大名鼎鼎的賭徒，在東海道一代打滾拓展了幫派勢力，進入明治時期後轉移重心，投身於社會事業中。

石松因為遭到十名卑劣的幫派分子突襲，落荒而逃、躲到了好兄弟七五郎家中。抱定必死決心的七五郎說道了「我可不能因為自己被砍而讓女人落淚」，於是打算跟妻子阿民分手。就在十把長武士刀尚未尋抵石松之前，七五郎撂下了這樣的話：「阿民，我要跟妳離婚。妳給我回娘家去，滾！」

然而阿民卻是穩如泰山，不僅是穩如泰山，臉上甚至還掛著笑容。

「妳是在笑什麼。」

「我是因為好笑才笑的。你現在是一副了不起的樣子在嗆我嗎？實在是太好笑了。還不光是好笑，根本是笑掉大牙。」

要說你夠有氣魄，那我的氣魄就硬是遠拚過你。這一幕描述了妻子阿民回嗆的精彩場面。

將parole（口頭用語）移植到écriture（書面用語）中

我從虎造老師身上學到相當多的技巧。

「打從一開始就錯到底」；

「若是彼此有緣也健在的話……那就再相會吧」；

「你是不是忘了什麼」；

我平時在撰稿時，經常不小心就用上這幾句話。

在〈阿民的氣魄〉這個曲目中，「氣燄高張」這一處是最好笑的。那些幫派分子若是也被阿民給這樣用力嗆道的話，肯定也會撤退的。在道上混的，以及嗆人的藝術，都是憑藉著語言才能發揮力量。

只不過阿民嗆人的氣魄若是改用書面語呈現的話，效果就不會那麼好。

parole（口頭用語）跟 écriture（書面用語）在本質上是截然不同的。我之所以用法文來寫，可不是為了裝模作樣，背後是有正當理由的，關於這一點我會在第25發的內容中說明。在這裡我想傳達的是，**切勿將口頭用語直接挪用於書面用語中，而是該仿效口頭用語的節奏，換言之便是其「結構」**。

即便七五郎再怎麼力大無窮，在一整排十把武士刀當前的情況下，依舊會退卻、心生畏懼。然而妻子阿民脫口而出的「你可別死得那麼瀟灑啊」這一句話卻帶動了他。

「可笑」、「滑稽」、「莫名其妙」[59]，阿民口中複誦著這幾個詞，透過這種接二連三的攻勢鼓舞七五郎，誘他發笑，粗魯地鼓勵他。

寫作時一般忌諱讓相同字眼反覆出現。然而在口語中，刻意反覆重複「可笑」反而能帶出節奏感、營造出聲勢。而我們該去模仿、去學習的便是其「結構」。

為書面用語創造出「空檔」的三個方法

我之前寫到敘事就是陳述（第15發），而構成陳述的一項重要元素便是「空檔」。「空檔」在口語中無所不在。說話的語勢、出聲的時機、抑揚頓挫、聲調、包含音色在內的語境感，到敘事者的表情為止，這些全都是透過「空檔」來營建的。

相較之下，書面語的武器就沒那麼多。**書面用語是安靜的，或者應該說靜謐才是書面用語的本質**。

而能為書面語建構出「空檔」的武器為以下這三個。

① 逗點和句點

② 「」『』〝〞（）〈〉等括弧

③換行、空一行的視覺效果

①逗點和句點。句點是「。」，逗點則是「，」，**這兩個標點符號是用來創造出節奏感的最大武器**。逗點是短暫一瞬間的停頓，能創造出空間。句點的空檔比起逗點只略長一些。在文章完成後，可以試著自己出聲讀讀看。千萬不要小看逗點和句點的位置，不過報社的主筆卻經常會擅自修改記者的原稿，挪動逗點和句點的位置時更是不以為然。在主筆的心目中，逗點跟句點根本就無所謂。但我每次都會裝傻把逗點和句點移回原本的位置。不管被修改幾次，我就是會頑固地移回去。就算原稿再長，單單是移動一個逗點，一樣是會被撰文者發現的。對此渾然不覺的人就稱不上是專業記者。

②單引號「」則是用在引用文上。將單字用**「」框起來時**，就意味著換言之。換言之〇〇〇。另一方面，**英文的引號則意味著，其實事實並非如此，而是所謂的**〇〇〇、冒牌的〇〇〇。這兩個引號的用法經常被搞錯，要多加留意。

單引號沒有停頓的功能，卻有著讓關鍵字變得顯眼的視覺效果，等同於口語中能為聲調帶來變化的語境感。

59 這幾個詞在日文中都寫作（讀作）「おかしい」。

③**換行則是用於切換論點時**，按理來說應該也只能用在切換論點上而已。具體來說，想放入連接詞時就是換行的時機。一般會用「於是」或「然而」、「不過」來轉變話題，此時便是切換段落的時機。

方法就只有這幾個而已。

不過近期有不少書籍會將部分字形換成粗體字，或是變化文字的大小（級數）。這本書也不例外。這樣的方法按理來說是有悖於書面用語的靜謐本質的。我本人並不欣賞這樣的手法，在我眼中看來是取巧的手段。濫用這種手法的話，有可能會導致寫作者在靜謐中致力於創造出節奏感這件事上有所怠慢，所以並不推薦剛入門的讀者使用。

然而在這本書中使用取巧手段的並不是我，而是本書的編輯 Lily。但我因為信賴她，所以交由她全權決定。

基本上我就先幫自己找好可以下的台階了。

以前我在寫《美味的資本主義》這本書時，在某篇書評中獲得「作者是活字印刷界中的饒舌歌手」這樣的讚美。這句讚美是我畢生的寶物。

落語、浪曲、講談、歌舞伎、短歌、俳句、演講、嘻哈……學習為書面用語創造出節奏的教材就存在於口頭用語中。因此，我們非得從包含說經節、歌舞伎、義太夫、狂歌、漫才在內的所有曲藝中取經不可。仿效口語的結構，將其移植到構成書面語本質的靜謐當中。

而要學習並不難，只要反覆聆聽即可。聽比讀要來得輕鬆多了。散步時、睡覺時、在擠得無法動彈的爆滿電車中都能聽。

在靜謐中自然透出的節奏感，對於寫作者來說是值得窮極一生去追求的巔峰。而所謂的感受能力，其實是透過努力所練就出來的天性。

STEP

日文的節奏結構

若想為文章營造節奏感，就必須熟知日文的節奏結構。以下內容雖然有點棘手，卻是作為一位專業寫作者不可不知的基礎知識。

日文的節奏是由「拍」所構成的。

「雙唇湊近紅蘋果　默默凝視蔚藍天空[60]」

アァーカヵーイィー□リーン■ーゴ■ーニ■ークチー
ビィー□ルーヨォーセェーテェー□■ー□■ー□■ー

□是前半拍，■則是後半拍。而語音（「ア」和「カ」等是以記號形式所使用的最小單位的言語聲音）的長度，以日文來說是等時的，也就是長度相同。

此外，日文基本上在發聲時是沒有強弱之分的，**日文在口語上基本上是不具強弱節奏、呈現拍音形式的語言**。其基本節奏以等時的拍音形式呈現，此外，清楚唸出每個音才是正確的發音方式。

英文跟法文則是有強弱節奏，基本上音與音之間會相互融合。日本人所說的英文對英文為母語的人來說，之所以會感到難懂的原因之一就在於，日本人不懂得怎麼將音給融合、不會連音的關係。日本人在說外語時，會以說日文時的習慣，規矩地將每個音節都唸出來，結果反而讓人聽不懂。

首先務必將日文是以節拍的節奏來閱讀這一點銘記在心。

什麼都是七五調

瓜茄花盛開
伊勢七巡熊野三度
前往芝愛宕賞月去
墓上蓋被僅徒然[61]

像這樣的文章，即便沒有意識到節拍，我們都還是會自然而然地將五音、七音作為朗誦段落的基準。

說到日文的節奏，有些人馬上就會誤解為七五調，總是想用五七五的形式來架構文章。這可是天大的誤會。只要有過實際寫作經驗就會曉得，這樣的文章是相當難讀的[62]。

60 原文為「赤いリンゴに唇寄せて（アカイリンゴニクチビルヨセテ）」。
61 此處所列舉的例子取自日本為人所熟知的民謠與諺語。
62「七五調」為日本古典詩歌和韻文的一種格律。一般來說日本古典韻文是以五拍跟七拍的句子作為基本單位，在結構上以「七五／七五／七五／七五／……」這種形式呈現的創作便被稱為七五調。

理由在於，內容容易流於空洞。如果想徹底將七五調用於節拍上，肯定會有兜不上的地方。而這種兜不上的地方，就必須用欠缺必然性和意義的文字來填補。

浪曲或講談也絕非是用七五調來呈現的。寫作者應該將《平家物語》通篇給出聲讀過一次才對。文章在重要場面處會自然呈現出旋律感，而七五拍也會作為主導整體文章風格的節奏浮現出來[63]。

我在這個當下，下定決心要活出自己。不是為了活下去而吃，而是既然選擇吃的話就要活下去，既然犧牲了其他生命，就得活下去。

倖存下去。並過好生活。

我朝向天空這麼說。土壤以上，是天空。

（《身穿夏威夷衫展開獵人生活》近藤康太郎）

以拙作為例子雖然不好意思，不過前述這段文章可是書末的高潮部分。是我以獵人的身分去思索掠奪野生動物性命這件事的意義。

我相當謹慎地避免使用明顯的七五調節拍形式。那是因為我擔心會在奪去他者生命這麼重大的事項上帶給人輕浮印象的關係。

不過，「選擇吃的話」這句話之後的文章，背後明顯有著形塑成某種節奏的力學在運作。逗點和句點以及段落的位置都暗示著節奏感。讀者們實際在心中默唸這一段時，或許不會意識到七五調的節拍，也或許是沒有察覺到。

沒有察覺到是最好的。**一般來說，具有躍動感的文章都暗藏著不會被覺知的節奏。**不出頭、不張揚。寫作者隱身幕後。

所謂節奏感這種東西，只要夠害羞，便能展現出來。

63《平家物語》是著於日本鎌倉時代的長篇歷史小說，故事內容記述的是日本兩大武士集團源氏和平氏爭奪權力的角逐。作品行文間注重音節韻律，不少段落採用「七五調」，是鎌倉文學的代表性作品。

第18發

律動感【三感・其三】

——透過推敲來校音。

HOP

形容詞只要一個就夠了——法蘭西虎穴的傳聞

法國有位名為克里蒙梭的政治家，他在第一次世界大戰中率領法國戰勝德國與奧地利，是被譽為「法蘭西之虎」的著名宰相，不過他在踏入政壇之前是新聞界的人。

聽說在他擔任報社高層要職時，曾對記者們下達撰文必須簡潔、只需正確傳達事實即可的指示。因此，他要記者們不准用形容詞。

「如果當真想用形容詞，一句話中最多只准你們用一個。不過得先讓我蓋章核准才可以。」據說他曾說過這樣一段話，是不是很像落語中的橋段。法國沒有印章這種東西，這句話應當是被加油添醋了一番，又或者是事實可能受到了竄改。

不過這句話出乎意料地直搗寫作的核心。

雖然做法有些極端，但入門者完全捨棄形容詞也無妨。我在第4發的內容中也曾寫到「美麗的花朵」、「美麗的大海」這樣的文字真的會讓人失望透頂，其後不管內容是什麼也都無心再讀下去。

形容詞指的是「美麗」、「難過」、「高」這種以「い」結尾的詞語。形容詞是表現事物的性質、狀態的品詞，而除了形容詞之外，**包括像連體修飾語或連用修飾語這種廣義的形容詞也都要全部捨棄**。但沒有必要一輩子都避用形容詞，在你確信自己可以用自己的話語來撰寫出自己的文章前，不要去形容事物的性質。

取而代之的是去撰寫事實。

寫作新手在看完電影之後，每個人都會寫「驚悚的劇情發展讓人不禁在手中握住汗水[64]」。不騙你，真的每個人都這樣寫。

關於這點我在第4發內容中已經寫過，首先，「手中握住汗水」這樣老掉牙的形容根本就不正確，汗水是握不住的。而我在第3發「順暢的文章」中也說明過像「不禁」這樣的詞也是多餘的。

最重要的是，「驚悚」這樣的形容詞用不得。不要用「驚悚的電影」去形容驚悚電影，而是應該在不使用驚悚這個詞的情況下，去向讀者傳達電影的恐怖所在。寫作就是這麼一回事。

伏筆是怎麼埋下的、登場角色的視線、暗處的動靜、音樂、運鏡……應該是要去覺知到這些確實存在於電影中的「事實」。去記述下各種事實，並透過這樣的方式，就算事後回想起來，依舊能將在頸邊所感受到、那種好似打從高處一口氣掉下去的感覺和驚悚感傳達給讀者才對。

小謊言是權宜之計——罪孽深重的譬喻

在形容詞之後，我想針對譬喻加以說明。

長頸鹿
長頸鹿

這名字是誰取的？
像是鈴響
像是滿天星斗
像是星期日清晨破曉般的名字
（略）
長頸鹿
長頸鹿
叮鈴鈴

（〈長頸鹿〉石田道雄）

我們這些凡人讀過可是都不曉得該說些什麼了。像是鈴響的名字；像是滿天星斗的名字；像是星期日清晨破曉般的名字。

我多希望自己有一天也能寫出這般既銳利，卻又帶有溫度、平易近人的美好譬喻。

嗯，還有很長一段路得努力。

64 日文寫作「手に汗握る」，是慣用的形容語句，表示相當緊張、內心七上八下。

隔天三人走到外頭，凝視著在遠處流動的暗藍大海。空氣中帶有松樹的樹脂味。冬天的太陽赤裸裸地橫越窄窄的天空，安靜地朝西方下沉。日落時，低處的雲朵染上了黃色、紅色，以及燃燒於爐灶中的火焰色。

（《門》夏目漱石）

文中的三人是男主角跟他的摯友，以及摯友的女朋友。這一幕是之後將陷入三角關係的三人凝視冬天夕陽的場面。色彩、味道，就連風聲都聽得到。太陽跟火焰的對比相當鮮明，最精彩的是「赤裸裸地橫越窄窄的天空」這個譬喻手法，讓人拜倒。

冬天的日照時間很短，而漱石將時間的短暫轉化為「窄窄的天空」，將其投射至空間的窄小上來呈現。說不定漱石當時就已經讀過了愛因斯坦相對論中將時間與空間視作同等的理論。

這是將視覺、嗅覺、聽覺總動員的譬喻手法。在漱石老師所使用的譬喻面前，我們別無選擇，只有站到一邊去。

「啞然無語」跟「落荒而逃」，會使用這種老掉牙的形容來宣告甘拜下風的我們這群凡人，看來還是少碰譬喻才是上策。

「在夜晚的幔帳落下後的缽形劇院中，聚集了約一萬五千人的觀眾。」

「在夜晚的幔帳漸低之際，獵頭顧問便開始展開行動。」

這兩句話均引用自最近的全國性報紙中的報導，我只想說你們別撒謊了。話說現代人根本就沒看過「幔帳」（用於區隔室內空間的垂布），但我們總會使用「夜晚的幔帳」。什麼「小溪潺潺」或「愛的結晶」，我們根本想都沒想過就揮筆行文。**這樣的用語不僅陳腐，還讓人不思長進，可以說是罪孽深重的譬喻**。一開始創造出「夜晚的幔帳」這種說法的人是很厲害沒錯，想像力也很豐富。但是，現在使用這種說法的人，只不過是東施效顰而已。

正岡子規在《寫給和歌詩人》中針對這種既未能反映現實又廉價的形容用語，毫不留情地痛批了一番。

若是要在詩中撒謊的話，那就去扯一個漫天的大謊，否則就去如實地描述真實。（略）很多詩人會樂此不疲地使用「露落音」或是「梅月香」這樣的形容，但這些都是窮極無聊的假話。（略）「花香」多半也都是假的，像櫻花就沒有特別的味道，「梅香」

也不像古往今來以及今後的和歌詩人敘述中那樣散發出花香。

不要說謊。真要說謊的話，那就去撒一個漫天的大謊言。不要因為唸起來很順就用七五調的「夜晚的幔帳」來節省工夫，因為內容是空洞的。

寫作是一種身體活動

唯獨「自身」所體驗到的黑暗夜晚，就應該要用具個人原創性的用語呈現。若是自身內在未能湧現出任何譬喻也無妨。就單純地寫下「夜晚」即可。假設自己所撒的謊馬上就會遭到拆穿的話，那麼未加以掩飾的誠實會來得好上許多。在訓練寫作能力的過程中，**自然而然從自身內在湧現出的，將會是深具獨創性的譬喻形容**。「Time is on my side」。讓時間成為你的助力，並在獨具個人風格的用語湧現之前，耐心等候。

拿出熱情，同時保持冷靜。

若是想寫下漫天大謊的話，那就必須拿出熱情。全心投入，找尋唯獨自身、「我本人」所感知到的譬喻手法。

但與此同時，也非保持冷靜不可。保持距離。讓自己可以冷靜下來，環顧四周。讓自己清醒。

打籃球時，即便運球技巧再怎麼高超，若是未能掌握周遭情勢，是不可能有機會射籃的。必須在瞬間判斷是該由自己射籃，還是將球傳給隊友。如果選擇傳球給隊友，也必須在瞬間判斷傳球動線是否未受阻礙、敵方選手跟己方選手又分別身居何處、將球丟往哪個方向才能讓隊友接住。

這便是空間辨識能力。

寫作也是一樣，先讓讀者往前跑兩三步，**然後再將球（文章）丟向讀者前方的不遠處。讓他們略感出其不意。而能達成這個目的的其中一項武器，便是這一節中提到的譬喻**。因為先丟出了「像是鈴響」的長頸鹿這樣的一球[65]，所以接下來傳的第二球、第三球（「像是滿天星斗」、「像是星期日清晨破曉」）也能為讀者接受。因為讀者知道是在描述長頸鹿，所以就算是略顯牽強的譬喻也能被理解。距離既遠、速度又快的傳球是行得通的。讀者可以接住這樣的球。這樣的譬喻手法，背後是受到既清醒又冷靜的空間辨識能力所支撐的。

寫作其實是比一般人想像中要來得更為身體性、近似運動的活動。而這項運動跟我接下來要談的「律動感」有著直接的關係。

65 長頸鹿在日文中寫作「きりん」，而這個詞唸起來跟日文中鈴響的叮鈴聲相當近似。

STEP

身體自然而然地搖擺

律動感（groove）是什麼？

在進入正文前先讓我打個岔，我基本上是不使用「ヴ」的，因為這樣的用法並未能正確反映現實[66]。「インタヴュー」（interview／採訪）、「ライヴ」（live／現場演唱）、「ラヴソング」（love song／情歌）、「ポジティヴ」（positive／積極）、「ヴィヴィッド」（vivid／活靈活現）、「ベートーヴェン」（Beethoven／貝多芬）……

日文中的外來語碰上羅馬字母中寫作v的字以ヴ來對應，寫為b的字則是轉換為バ行的假名，但挑明來說，日本人中當真有人會這樣區別子音來說話嗎？我當下開始思索「出道」（デビュー／debut）是寫作「ビ」還是「ヴ」，就連辭典都拿出來查。而實際上，將情歌寫作「ラヴソング」的音樂雜誌還不是臉不紅氣不喘地將電視寫成「テレビ」。但就原則來說應該是「テレヴィジョン」（television）才對吧，不免覺得是在胡搞一番。

但是律動（groove）這個詞我卻不寫作「グルーブ」，而是寫作「グルーヴ」，理由是基於寫成「グルーブ」容易跟「グループ（團體／group）」搞混的關係，僅此而已。原則是不存在的。根據情況不同，原則是會變化的、是可以改變的。

回到正題，律動感（groove）是什麼？

「groove」就是「溝槽」。將唱針置於黑膠唱盤表面的溝槽上，音樂便會隨之流瀉而出。就是那樣的感覺。不管是爵士樂、搖滾樂或是靈魂樂，唱針沿著溝槽轉動所流瀉出的演奏便是好的演奏。是能讓人興致高昂的演奏。身體將自然而然地擺動。音樂就是運動，律動便是生命。

這一點同樣能套用於文章上。讓人興致高昂的文章便是好的文章。我們所應追求的，正該是有律動感的文章。

不同媒介有不同寫法的理由

我在將原稿交稿給編輯以前，最少會重寫六次。報紙或雜誌的話，一旦有必要就會重寫；書籍的話則是會在進行到三校時列印出來，推敲文章。我最誇張時曾列印改寫超過三十次以上。

文章是否易懂、論點是否站得住腳，這樣的推敲作業在一開始就結束了。之後的工

66「律動感」這個詞在英文中寫作「groove」，在日文中作為外來語有「グルーブ」跟「グルーヴ」這兩種書寫方法，而作者在原文中採用的是「グルーヴ」這個寫法。

作便是引出律動感，或者是校音。**我會小小聲地將文章讀出來，看文章是否能流暢閱讀、有沒有不順的地方、逗點和句點的位置是否正確。**

列印時我會將文字調成直排，並配合報紙、雜誌、書籍的版型，將每行的字數調整成符合每種媒介的格式後再列印。我的閱讀狀態並無異於讀者。

最後我會將目光自列印出來的紙張轉移。不去閱讀文字，而是去凝視。像是在觀賞畫作一樣，去看整體的顏色。特別黑的地方，就代表文字相當集中，是漢字特別多的地方。但我也不會單單將漢字轉換為平假名，而是會加入可以用平假名書寫的內容。彷彿間奏般的內容，讓讀者可以喘一口氣。

報紙的律動感、雜誌的律動感、書籍的律動感、網路的律動感，在在都不相同。報紙是鮮紅閃耀的亮光，撰寫時我都是以簡短的文章，簡潔且快速地將事件與事故這些瞬息萬變的新聞僅以事實傳達出來。因為報紙每行只有十二個字，讀者的目光是會快速地上下移動的。

另一方面，書籍每行有超過三十個以上的字，一個跨頁能容納超過三十行的內容，目光的上下移動是比較緩慢的。因此書籍承載的律動感絕對異於報紙。此外，書籍中也可加入報紙所無法採用、特別長的文章、千迴百轉的論點、乖僻的感覺，以音樂來說就是不規則的節拍。所呈現出的是深紫色的色調。

因此，**最讓人百無聊賴的就是將連載於報章雜誌社上的文字原封不動轉化成書籍的文字**。缺乏妥善的調整便將律動急促的文字放到律動和緩的容器中，也難怪會顯得不對盤。這樣的文字絲毫不會帶給人一種全身就要被大浪給捲走的感覺。

雖然我是以報社記者的身分展開職涯，但我現在不僅為雜誌撰稿，還出書，在網路上也有發表的平台。背後最大的理由不是可以賺錢或是建立名聲，而是因為我受到這種千變萬化的律動感深深吸引的關係。不同的律動感即代表著相異的文章。

能讀到此處的讀者想必也多少已經察覺這一點。

文章的差異即為人與人之間的差異，同時也是人格的差異。能展現出不同律動感的人，便是具有多重人格的人。**能展現出不同律動感這件事，便直接意味著人生將會是多彩多姿的**。

寫作，是值得耗費一輩子去追求的工作。

第六章

自我管理的技巧

第19發

意見與建議

——聽取他人的意見時，左耳進、右耳出。

HOP

拉柏雷的巨人和拉岡的論點

大自然為眼睛、舌頭或是身體的眾多孔洞都設上了門和圍牆，但在設計耳朵時，卻讓它袒裸在外，未免也太過極端了。

（《巨人傳》拉伯雷）

《巨人傳》是著於五百年前的一本奇書，這是一部相當大部頭的著作，要從頭到尾讀完或許並非易事，不過這位巨人的話可是所言不虛。意思也就是要去「洗耳恭聽」。

就算是再無聊的內容，聽一聽也沒有損失，不會花錢。有人會說這是「浪費時間」，但是否浪費時間，也是要度過這段「時間」後方能知曉。而通常也只有這種愛耍嘴皮子的人才會虛度時間。

「身體的眾多孔洞都設上了門和圍牆」。眼睛可以閉上，嘴巴也可以闔上。不想看的東西可以避而不見，傻話也不會脫口而出。是說人活在這無聊的世界上，這樣的能力可是攸關生死的。

鼻子雖然無法蓋上，卻有著屏障。要停止呼吸也是可能的。

然而，唯有耳朵既無法蓋上也沒有屏障。

法國一位傑出的精神分析大師也曾寫道：「在無意識的領域中，耳朵是唯一無法閉合的孔洞。」（《精神分析的四個基本觀念》拉岡）。

但為什麼要將耳朵給蓋上？一個人若是想寫出好文章，就算是再卑劣的人，也能從對方身上學到東西。

我在進入報社第二年時，跟主管相當合不來。那位主管的臉總是很臭，從來不教授我該如何撰寫報導或是工作的方法。他自身似乎也不具備足以教人的能力，就只是對我們報帳的內容異常吹毛求疵，對上頭的人阿諛奉承，對下屬卻是嚴苛無比。

這名缺乏大氣的主筆唯獨那麼一次挑了我原稿的毛病，直到現在我都記得很清楚。

不要用「幹」這個字。

「以前幹了不少傻事」；

「快去幹你該幹的事」；

沒錯，不可以用這個字。必須改成「做了傻事」、「快去做你該做的事」。「幹」這個字是用在性行為或是殺人上，是很沒品的字眼。

這樣的詮釋正確與否或許有待議論，但當時我很清楚明白到的唯一一件事是，原來這個人是有著認為「幹」這個動詞是沒品的感受能力。而我也欣賞他能理解到這是沒品字眼的感受能力，覺得並不壞。**寫作就是要讓自己成為具有品格的一個人**。

我是全世界最不會寫作的人

即便對方是再愚蠢的人，總是有值得我們學習之處。對方或許愚蠢，但自己這個人也絕非什麼響叮噹的人物。

我的意思是「要認知到自己的能力是最薄弱的」。

我剛開始學打獵時老是射不中，而且總是會被獵物察覺，每次都被教我打獵的老師罵個臭頭。他要嫌我打獵技術差我是沒有意見，但他還會很不客氣地說什麼「你就是這副德性才會沒女人緣」或是「你寫的東西該不會也是這樣老沒抓對方向吧」。「要說我沒女人緣我就算了，你這個門外漢哪來的資格針對寫作這件事對我說三道四的！」雖然他讓人很火大，但我還是嚥下了這口氣。確實誠如他所說，我是山上最不會打獵的人。不過只要能進步就好，知道自己是墊底的就好。

作家色川武大在某個對談中曾這麼說道：

> 比方說電影之所以能有所長進，是因為電影界的人知道自己是墊底的。（略）電影在面對文學跟戲劇時有著自卑情結，但是電影從各方面加以吸收，既不恥下問也不在乎面子，所以才能如此壯大。不久以後，電影就能擺脫墊底的身分。而在緊接著墊底的藝術形式中，能像這樣壯大自己的，肯定能在新時代獨領風騷。就當前而言，劇畫[67]的立場

67 劇畫是日本漫畫家辰巳嘉裕在一九五八年提倡的一種以劇集形式表現的漫畫類型，在一九六〇～七〇年代風行於日本，是日本青年漫畫發展的起點。

是可以去吸取所有藝術形式的優點。因此就某種層面來說，小說家應該要有小說創作是墊底的意識。

（《談志後台休息室閒聊》立川談志）

寫作亦然。**必須要抱有自己是全世界最不會寫作的人這樣的意識**。

我以專職作家的身分持續寫作超過了三十年，經常被人稱讚。甚至還獲得「近藤調」、「近藤世界」這樣的美譽。

但這又如何？

你這傢伙寫的東西一點都不怎麼樣，爛得很。你要是心有不甘的話，那就想辦法去寫出跟夏目漱石、中島敦或是大西巨人的文章可以相提並論的內容來。

我既不是謙虛也絕非想要賣弄，我是打從心底真心這麼想的。我認為不抱持這樣的想法是不行的。

你這傢伙是最差勁的，不管對象是誰都好，逢人就要學習。永遠都要豎直你的耳朵去聆聽。

STEP

面對修改要求時該抱持的心態

記得是米開朗基羅吧，在他刻完雕像時，雕像的委託人前來視察，挑了他的毛病，嫌雕像的鼻子太高了。

米開朗基羅於是將一把大理石的細沙握到手中，之後登上台架，然後看似彷彿在刻雕像的鼻子一樣移動槌子，同時一絲絲地將握在手中的大理石細沙給放掉。

委託人見狀便說：「嗯，看起來好多了。」然後一臉得意地離開。

（〈一把大理石的細沙〉中井正一）

中井正一曾在戰爭期間因為違反治安維持法而遭逮捕，是一位相當有骨氣的美學學者。骨氣怎麼說都是很重要的。

把編輯的話給聽進去。

然後左耳進、右耳出。

對於米開朗基羅來說，這名委託人就等同於是編輯。當時不像現在有美術市場，也因此若是沒有願意出錢的委託人或是贊助人，就無法創作。

莫札特留下了為數驚人的作品，而其中絕大多數同樣是驚人的傑作，堪稱人類的寶物，但不怎麼樣的作品其實也不在少數。他應當時擔任編輯（也就是贊助人）的王公貴族的要求，飛快地創作。

就連人類史上的天才米開朗基羅跟莫札特都遭受過這樣的待遇，更別說是我們這些凡夫俗子，在面對身為第一位讀者的編輯所拋出的批評，應該都先全部虛心接受。

左耳進、右耳出。

偷偷將一把大理石的細沙握到手中後，轉頭面向文章、進行修改。

編輯很少會一字一句地挑毛病。他們的意見通常會是「鼻子太高了」。他們通常所提出的是「這個段落有點難懂」、「內容過於抽象，再具體一點」等「抽象」的修改方向。

面對編輯的要求應該左耳進、右耳出，然後遞交出超乎他們想像的成品。

真正優秀的編輯，在看到稿件內容如實地按照自己的要求被修改時，反而是會失望的。作者應該要提交出超越對方要求的內容。

以下所舉的例子是我為報紙所撰寫的報導。

三方都能接受的修改——寫作者、編輯、讀者

「夏威夷衫系列在讀者的愛戴下持續連載了五年。上一篇連載中我描述了自己刺殺了有著圓滾滾大眼睛的野鹿，並且見血的場面。

讀者們因而被嚇跑，遠方傳來退潮的浪聲。

（略）讀到這裡或許有讀者會有所誤解，但這個企劃的梗概打從一開始就是『哪怕是公司裁員、報社倒閉，我到死為止都要靠寫作吃飯』。也就是『走在狂野的那一端』（路·瑞德，地下絲絨樂團主唱）。退潮的浪聲是無法勸退我的。所以覺得難以接受走在那一端的人的溫柔讀者，還請移駕至下方的『短暫片刻』。我們就有緣再相見吧。」

這段文章緊接著的內容是將野鹿解體的血淋淋描寫。前述這段文章便是發行於全國報紙上的連載專欄「身穿夏威夷衫打獵去」中某篇連載的起頭文。

編輯在要求我修改時，一開始是說「有些讀者讀到解體的場面會受到驚嚇，最好加入小心閱讀的提示內容」。這樣的修改方針相當具備報紙的風格，打的是安全牌。

雖然我覺得這樣的修改很蠢，但還是把編輯的話給聽進去，將一把大理石的細沙握到手中。

我為「所以覺得難以接受走在那一端的人……」這句話添加了強調的黑點，而「短暫片刻」則是版面位於我的專欄下方的讀者投書欄的名稱。換言之，我的意思就是向「讀者大人」傳達「覺得不舒服的就別讀，閃到下面去」。

編輯的本意是希望我可以將內容寫得不要那麼狂放，而我也姑且把他的話給聽進去了。我在聽取他的建議後加以修改，結果文章比起修改之前要來得更加狂放不羈。但因為我已經修改了，所以編輯也無話可說。

結果並沒有收到任何讀者的抱怨，反而獲得了好評。

左耳進、右耳出，換言之就是「放大好球帶範圍」。方才引用的米開朗基羅的鼻子那篇文章中，其後是這樣描述的。

這座雕像的創作者，其實是別有選擇的，他可以選擇將雕像的鼻子打掉，又或者是堅決婉拒去動雕像的鼻子。但為何他會選擇將大理石的細沙握到手中、登上台架呢？

（略）

那是因為他內心懷有一股當今所有人類都是愚蠢的恐懼。（略）

現在這個當下，如果除了這個愚蠢的傢伙就別無他人存在的話，除了將一把大理石細沙握到手中、登上台架以外，自己大概是別無選擇的，如此一來，才能守住這個美麗的鼻子，並在人類真正體認到這個美麗的鼻子是人類的所有物之前，只能耐心等待。

（前述同一著作）

向外敞開、向內深潛

寫作者必須看準編輯手上的棒球手套來投球。對方要你投直球的話，千萬不可投出曲球。如果編輯希望你寫的是「直截了當的報導」，那就不該投出變化球。不過若是瞄準棒球手套、投出不起眼的直球的話，下次可能就再也沒有機會站上投手丘。

編輯的意思是要你將投球位置控制在好球帶內，而如何能放大好球帶範圍，則是取決於我們這群寫作者所投的球能如何出其不意地轉彎。出其不意的球既是採訪也是企劃，更是文章跟敘事手法。

「我」這個人其實是相當無聊、隨處可見，一點也不足取的生物，因此總是會向外敞開，並豎直耳朵。

向外敞開的「我」是持續有所變化的。受到外界影響、被其他作家上身、受到他人的風格感染，持續變化。

面對他人的意見來者不拒並不打緊，但千萬別完全遵照對方的指示來修改，必須改出超乎對方期望值的內容。深深潛向自身內在的深處，改變自己，尋找嶄新的呈現手法。

向外敞開、往內深潛。這是一種永遠以未完成狀態終結的永恆運動。唯有這種徒勞無功的努力積累，才能讓雌蕊受粉、結出生命的果實。而轉瞬即逝的光芒也將閃耀於文章中。

「我」不是我，我是「還在路上」的我。

第20發

時間管理、寫作環境

——什麼時候寫？在哪裡寫？

HOP 想要長久寫下去，就必須固定寫作的時間

文章應該要選在什麼時候寫？

文章這種東西不就是想寫就寫、有空就寫嗎？工作上的郵件或是內容簡單的書信確實如此。但是，能將這本書閱讀至此的讀者，不管是部落格或是小說也好，應該都是有心想寫內容再長一些且完整的文章。寫作期間至少費時一週，更有甚者或許是一年以上。

要持續一年以上針對相同的內容寫作，並不是一件輕鬆的事。就連專職的報社記者也少有過這樣的經驗，僅限於部分記者。一個連載即便連載期間再長，將籌備期也算進去的話，也不過是持續寫上兩、三個月而已。

需要持續一年以上針對相同內容寫作，又或者是抱定決心這輩子要永遠寫作下去的人，絕不可能是「想寫就寫、有空就寫」。寫作時段跟寫作地點都必須固定下來才行。

巴爾札克固定在半夜寫作，他總是在凌晨兩點時把學生給叫醒、加以訓斥。「你怎麼還沒把在晚上睡覺這個壞習慣改掉，晚上可是寫作的時間。來，快去喝咖啡，開始寫作了。」然後巴爾扎克不知為何會身穿僧袍，讓學生將他口述的內容給記載下來，直到天明。

我剛開始寫作時也是徹頭徹尾的夜貓子。我在出版處女作時的年紀，才不過三十來歲的前半而已。當時我從報社下班後，會在晚上十二點左右洗完澡並吃完飯，然後便持續寫到天亮為止。當時我住在東京的近郊，每當陷入瓶頸時，就會大半夜的在自家附近的紅蘿蔔田散步。而之所以能維持那樣的生活，是因為當時的自己還年輕。

我在搬到紐約並開始動筆寫第二本書以後，就一直是晨型人。這單純是出於我早晚都很忙碌的關係。白天我有報社的工作，傍晚過後急急忙忙去逛美術館跟畫廊，然後吃完晚餐後就去欣賞音樂劇、戲劇表演，接著又去聽現場演出或是上夜店，直到深夜。當時所見所聞都鮮活生動、充滿刺激，讓人捨不得睡覺。所以報社記者工作以外的長篇內容文字，我只能在大清早起床後來寫。**我只利用一、兩個小時來寫，將全副心神專注其中**。

在那之後我就一直是晨型人。但是我起床的時間也逐漸提前，一開始是早上六點起床，接著變成五點、四點。工作永遠做不完。寫作者寫得越多，就會越寫越進步。而你越寫越進步時，工作量也會跟著增加。

我光是寫作的工作就足夠忙碌了，邁入五十歲後頭銜不減反增，成了農夫跟獵人，還成為寫作私塾的老師。我最誇張的時候曾在凌晨一點起床，因為每次批改私塾學生的作業總是改不完。而我跟作家町田康提起這件事後，被他嘲笑「你這不叫早起，是熬夜吧」。

創作的女神是存在的

無論如何，**寫作的時段不管什麼時候都好，總之就是要選在自己方便的時段固定下來。而在寫作的時段中，把門關上，把自己給鎖在房內。就算一行都擠不出來，還是一樣要坐在書桌前，想辦法去寫。**

理由何在？

這麼做是在知會女神。

撰寫長篇內容時，九成的過程都是相當痛苦的。但只要咬牙忍耐、堅持下去的話，就連自己都會不禁出聲驚嘆的瞬間，將會在某一瞬降臨。那將會是過往的自己未曾發想過、充滿獨創性的想法。這樣的想法就如同字面上的描述一般，真的是從天而降的。是一項禮物，我沒騙人，因為自己過去從來不曾有過這樣的想法。

那這樣的想法是誰想到的？是女神。禮物是創作的繆思所贈送的。

創作的女神必然會降臨至你的身邊。創作女神有別於記性差的人類，不會做出背信忘義的事情，是不會背叛人的。沒有銘謝惠顧，每位參加者肯定無一例外的能收到禮物。

只是想收到禮物是有條件的，那就是必須事先通知女神。「我每天都會在這個時段、待在這個地方，試圖為了寫出更好的東西而痛苦掙扎」，必須這樣告訴創作女神才行。

因此，除了時段以外，寫作場所也得固定下來。今天在這裡寫，明天換那裡寫，這樣子是行不通的。創作女神是會找不到你的。**簡單來說，就是要「化為習慣」**。習慣的重要性是再怎麼強調都不嫌多的。

揮汗書寫

該在哪裡寫才好？

哪裡都好，重要的是，得把門關上，把自己關在房內。任何人都進不去這個房間。報紙、雜誌也不能放行。網路也得斬斷。把自己與世界隔絕開來。就連貓也不能讓牠進來。只要開始工作，貓咪一定會前來攪局。

那麼理想的寫作空間又在何處？

肯定非廚房莫屬。將置放於廚房內小桌子上的碗盤跟食材收拾起來，坐在小凳子上來寫。

我這話是半開玩笑，但一半也是說真的。理由在於，寫作這件事不是什麼了不得的大事，是可有可無的活動，這便是創作行為的本質。不管是音樂、繪畫、戲劇、舞蹈，基本上創作這件事跟人的生死並沒有直接關聯。而將生命傾注於這種「可有可無的事」上，正是其珍貴之處。

在廚房寫作即意味著用生活的語言來書寫，揮汗書寫。

恐怖小說大師史蒂芬·金在成名前也吃過不少苦頭，據說他以前是在拖屋車的小桌子上創作的。當時他懷抱著總有一天要成名、蓋一間豪華書房的念頭，未曾放棄艱辛的創作。

創作女神也未漏看他的努力，《魔女嘉莉》這部作品大受歡迎，讓史蒂芬·金一舉躍升為暢銷作家，他也因此總算得到了夢寐以求的書房。氣派的房間中放有桃花心木製的大書桌和堅固厚實的椅子，是相當有派頭的工作空間。

但史蒂芬·金在這個房間中做了什麼事？

他在這個房間喝個爛醉。

突如其來的名氣讓他沖昏了頭，他搞不清楚自己下一步該寫些什麼，每天就只是沉溺於酒精中，睡覺時就直接癱倒在桃花心木的書桌上。史蒂芬·金在日後回顧這一段往事時，說自己就像是失去船舵的船長。而描繪了這位「船長」的故事的，便是史蒂芬・金的傑作《鬼店》。

在電影《鬼店》中，飾演男主角的傑克・尼克遜驚恐萬分的演技相當傑出，不容錯過。一個「未成氣候的小人物」在桃花心木製的大書桌上寫作會落得什麼下場？他山之石，可以攻錯。

在生活中書寫。文章，應該要揮汗書寫。

STEP

「寫作」跟「閱讀」是相輔相成的——指定書籍的四種類別

對於寫作者而言，「書寫」這件事廣義來說也包含了「閱讀」。**書寫和閱讀是相輔相成的。**奮力揮動水面下的船槳，船槳便會劃出水面在空中翻翅，表裡始終一體。寫作即為閱讀。

所以說，「何時寫」這個問題，其實也等同於「何時讀」這樣的問題。

應該何時閱讀？這個問題其實跟何時寫一樣，各自決定好就好。然而關於「該讀多少」這個問題，是有最低標準的。而我在這間私塾最諄諄告誡的也是這一點。

話雖如此，但也不是那麼嚇人。每天兩個小時，僅此而已。而且是毫無例外，每天兩個小時。**不管是盂蘭盆假期還是新年、跟男女朋友分手，或是父母過世時，每天必定要花上兩個小時，打開書本。**

這兩個小時的運用方法也是規定好的，其中一小時可以閱讀自己喜歡的書，不管是什麼內容都可以。然而剩餘的另一個小時，則必須閱讀「指定書籍」。指定書籍的類型具體來說為以下這四種。

①日本文學（本國文學）
②外國文學
③社會科學和自然科學
④詩集

關於①跟②，僅限於被劃分為「經典」的作品。理由我會在之後詳述。③的話，最好是按照年代順序從早年的書籍開始閱讀，會比較易於理解。

—指定書籍①— 日本文學（本國文學）——為了不要成為看門狗

雖然是日本文學的經典作品，但我意思不是要你去從《源氏物語》開始讀，不過至少要從明治時代的夏目漱石跟森鷗外以後，到太宰治跟三島由紀夫的昭和文學為止，挑過世後已經歷時數十年的作家來閱讀。

國文教科書近來有意將夏目漱石和森鷗外的作品從日本文學中剔除，取而代之的方針，聽說是要採用讓學生可以讀懂合約中所撰寫的日文。就支配階級的立場來說，這樣的動向是再理所當然不過的。學校對於國家來說，其實是能夠生產出有為、便於企業所使用的人才（也就是作為材料的人[68]，這個詞讓人相當不舒服）的「工廠」。

而國家則是資本的看門狗，和我們並非站在同一陣線。關於這方面的論述，還請參考我的上一部著作《身穿夏威夷衫展開獵人生活》。總而言之，國家和資本是一點也不樂見創作的存在的；他們只想要勞動者跟消費者。薪資再微薄依舊默默勞動，所得稅從薪水中被扣除後進入國庫，然後再去買下自己所生產的產品的消費者。對於國家來說所

68 在日文中，「人才」的漢字寫作「人材」。

謂有為的人才、對於企業來說所謂便利的人才，就是這樣的人。

忍受不了這種生活方式的人、不想過這種生活的人，即為創作者。拿起這本書並閱讀至此的讀者，毫無疑問的是屬於創作者這一邊的人。而這樣的人會跟國文教科書的動向反其道而行，也是天經地義的。

─指定書籍②─ 外國文學──為了懂得「愛」

外國文學的話，範圍從被認定是開啟小說先河的賽萬提斯、薄伽丘的年代開始，到歌德、狄更斯、巴爾札克、杜斯妥也夫斯基等十九世紀小說的成熟期為止，只要是廣為一般所認知的名著都可以。

外國文學是透過翻譯閱讀的，所以嚴格來說，與其說藉由外國文學去學習用字遣詞或行文風格，真正要學的應該是觀察世界的方法及其視點，還有認知能力。

不同的語言認知這個世界的方式並不同，最廣為人知的就是「愛」跟「哲學」這樣的詞語，在古代日本其實是不存在的，是從西方所輸入的概念、認識世界的方法。即便是透過翻譯閱讀也無所謂，擴充認識世界的方法對於寫作者來說是必要的基本功這一點，對於讀到此處的讀者來說也無須我再贅述了。說到底，創作便是觀察世界的視角，以及去認識這個世界。

—指定書籍③— 社會科學和自然科學
——為了學會以不同的標準來衡量世界

不去閱讀道地的社會科學與自然科學書籍的寫作者，堪稱是冒牌貨。法學、政治學、經濟學、社會學、文化人類學跟精神分析學，甚或是數學、物理學、生物學，若是不多少去接觸這些學門的內容，寫出來的文章骨幹就不會堅實、基礎薄弱。因為腿力不足，所以無法走遠，沒有持久力。是要沒多久就會失去鮮度的文章。

比方說只要去讀村上春樹早期的作品集就能明白，其內容既輕薄又新鮮，是相當容易閱讀的文章風格，不過只要稍加注意就會發現，作者本身是和像馬克思、海德格、黑格爾等超級重量級的思想家搏鬥後，才能寫下這些為數眾多的暢銷戀愛小說作品集。他只不過是將這些內容用巧克力糖衣裹上而已（第14發）。

為何要讀社會科學和自然科學？理由同②。比方說數學就是一種語言，是將表達方式發揮到淋漓盡致的一種嚴謹的語言。這樣的語言（即數學），是一種可以用來衡量世界的標準。擴充認識世界的方法，是創作者的職責。

經典作品的著名書單

如同前文所述，針對①跟②非閱讀經典作品不可，有幾個不錯的書單彙整出了被歸類為經典的作品。列於書單上的作品應該找到就買、看到就讀。這樣的訓練看似辛苦，但我是一視同仁，對於每個私塾的學生都是這樣要求的。學生若做不到，我就不會讓他進出我這私塾的大門。我認為既然是專職的作家，就至少必須進行最低限度的重訓。

書單可依個人喜好選擇，話雖如此，其實大部分的書單內容都大同小異。書單上若是不見夏目漱石跟森鷗外，或是托爾斯泰、斯湯達爾跟托瑪斯・曼的任何一部著作的話，豈不是無法想像？

不過「新潮文庫100冊」這樣的清單並非經典書單，而是各家出版社的文宣手冊，得多加留意。若是要我列舉幾個推薦書單的話，由柄谷行人和淺田彰等日本頂尖知識分子所著的《必讀書籍150冊》（太田出版）是彙整了①～③的決定版書單。這本書的評價相當高，日後還推出了新版。其中一位選書人渡部直己所著的《私學式、過於私學式的》（綿羊書房），其書末的書單也極具參考價值。

關於②所提到的外國文學，京都大學文學部所彙整的「閱讀西洋文學一百冊」書單也公開於網路上（網站連結刊載於書末）。

我最推薦的便數桑原武夫所著的《文學入門》（岩波新書）的書末書單。書單中列出了五十冊經典的海外文學作品，是涵蓋面向相當周全的書單。

一指定書籍④一 詩集——為了讓自己能振翅飛向更遠的地方

關於④只要是自己喜歡的內容，讀什麼都沒問題。詩集不是只有《萬葉集》跟唐詩選而已，日本流行樂的歌詞或是社群網站上的短歌也無妨。為什麼詩集也是指定閱讀內容之一？我經常被學生問到這樣的問題，而每次我都無法給出令人滿意的答覆。

因為詩中有「斷層」，因為詩是「跳躍性」的。若讀者們不介意，要像德希達一樣用「延異」（différance）來形容也無妨。

散文換言之是理論。A＝B、B＝C，因此A＝C。

特別是像數學這樣的語言只要共享前提條件（定理、定律），就不會產生誤解，是所有人都能認同的語言。數學理當如此，但若是散文中接二連三出現這樣的內容，會讓人覺得過於強勢，造就沉重的氣氛。簡單來說就是不好讀。偶爾需要Ａ＝Ｃ這種跳躍式的內容，才能灌入新鮮的空氣。

而詩則是每行都由斷層構成，充滿了意象的跳躍。去想一下自己喜歡的短歌、俳句、詩、歌詞，什麼都好，然後將它朗誦出聲。其中必定有概念的跳躍。之後隔一陣子再回頭去閱讀，甚至會產生截然不同的印象。因為詩中是有高低差、跳躍跟延異的。

奢侈的時間

我要學生**每天必定花上十五分鐘分別閱讀以上四類的指定書籍**。時間若是短於十五分鐘，將過於斷簡殘編，無法理解浩大的理論或是情感的敘述。此外，設定在十五分鐘的話，可以利用日常的空閒時間、吃飯或洗澡或上廁所，又或是通車時間，總是有辦法擠得出來的。**一天不過就十五分鐘，但務必要確實達成**。**如此一來，就連普魯斯特的長篇鉅作《追憶似水年華》也能在一年內讀完**。

四種指定書籍共費時一小時。如同我在前文中提到的，剩下的另一個小時去讀自己喜歡的東西即可。暢銷書、漫畫、ＢＬ或是輕小說，什麼都行。如果是專職的寫作者或是記者，勢必有出於工作而不得不閱讀的內容，這些也算在內，加起來總共兩個小時，這便是一天最少的練習時間。

以上便是我傳授給學生的閱讀方法。我知道實踐後每天會忙碌非常多，但是這種忙是讓人舒服的忙法。因為閱讀的練習跟寫作的練習而變忙，是多麼奢侈的一件事呀。

如果通勤電車太擠、讀不了書的話，那就搭最早發車的電車去上班。我打從某個時候開始就完全放棄跟其他人共進午餐。雖然看上去家教不好，但我總是邊吃飯邊讀書。每天泡澡時也會閱讀十五分鐘，這是相當奢侈的樂趣。

我便是用這樣的方法創造出時間，希望讀者們也能自己在這方面下工夫。不管是什麼事，總能找到不去做的藉口，**但短暫的人生就在思考藉口的同時，轉瞬流逝過去**。

只有時間對眾人是平等的。而時間是可以創造的。創造時間的方法，只有你才曉得。

第21發

書櫃整理技巧

——善用摘抄記事本讓自己的大腦視覺化。

JUMP

千冊書籍是廉價的投資

從這節開始將進入進階篇。進階篇的內容是針對身處於專家的世界、希望以專職寫作者身分謀生的人所寫的。無意將畢生精力都放到寫作上的讀者，沒有實踐的必要，但這也不表示不能讀進階篇的內容，就當作是在好奇心的驅策下去偷看可怕的東西，過目即忘也無妨。不過話雖這麼說，知曉這些內容總比沒有概念要來得好。

若是要實踐我在第20發當中所提到的「閱讀練習」，究竟應該買下幾本書才夠？書籍是否可以就這樣持續囤積下去？

答案是，**專職寫作者的話，至少要擁有千冊書籍**。

關於這一點其實眾說紛紜，不過在此就姑且定為一千冊，理由我會在後文中詳述。一千本書絕對是可以達成的目標。**首先，書是相當便宜的東西**。特別是我在第20發中提到的經典作品又更便宜，這些作品通常有文庫本，因為再刷過好幾次，也會推出新譯本，而一旦推出新版，就能在二手書店書架上看到定價落在一百日幣左右的舊版或舊的譯作。這些書就算買上一千本也不過十幾萬日幣，就投資效果來看，是報酬率出奇高的便宜投資。

而這一千本書千萬不可疊放。將書分成前排跟後排，排放於書櫃中也不行。換句話說，**所有書都必須要打直擺放，並且是可以清楚看見書背的狀態**。這一點是最低程度的絕對條件。

看不見書背的書或是堆疊放置的書稱不上是書，是垃圾。

我不是在說漂亮的場面話，這一點跟本節的主題「摘抄」有著密切的關係，**書櫃就是自己的大腦，每一本書就是在腦內流動的血液**。分成前後兩排擺放導致書背看不見，或是因為疊放的關係造成下方的書難以取出，就意味著血液沒有循環，血管會堵塞，人是會生病的。

為何是紙本書而非電子書？

主張使用電子書的人，是未能將書籍化為血液的人。我的意思並非電子書不好，而是想說電子書跟紙本書是完全不一樣的東西，電子書無法取代紙本書，應該要依據場合來取捨使用才是正確的方法。

電子書稱不上是書。理由族繁不及備載，最為關鍵的一點是電子書無法排放於書櫃中。書不是拿來隨便堆在書櫃中的，而是根據個人的選擇，用只有自己才能理解的分類方法來擺放才對。這樣的分類方法會隨著時間流逝而改變，個人所關切的領域也會發生細微的變化，此時便要改變書籍的擺放位置。

書在腦中是網絡般的存在，而**最重要的一點是，網絡的連結方式是「唯獨自身可以理解」的**。以我個人為例子來說，我在撰寫上一部著作《身穿夏威夷衫展開獵人生活》時，談論的是關於狩獵的主題，因此可以隨即想到去跟文化人類學家李維史陀或牟斯（Marcel Mauss）等人的著作扯上關係，並與大岡昇平[69]或埴谷雄高[70]這類戰後文學大家的作品「結合」，再跟佛洛伊德與拉岡的精神分析學「連結」，並「吸引」代數學與幾何學類書籍的內容。

結合、連結、吸引。

作為「物體」存在的實體書，之所以比電子書有用的地方就在於此。而我們之所以會閱讀、就算占空間也要把書放在身邊的理由，也不過就是出於這一點。為的是讓血液在腦中循環，讓電流通過神經系統。

躋身專家的世界

這裡稍微偏離正題，說明一下為何專職寫作者需要擁有千冊的藏書。

這個數字可不是我瞎掰的，背後根據的是**「知識的指數函數定律」**。

智能活動的進步是非線性的，只要回想一下學習英文的過程便能明白，它的進步是階段性的。

認識十個英文單字的人跟只認識一個英文單字的人，基本上程度是相同的。但是懂

69 日本小說家，活躍於第二次世界大戰後的日本文壇，與三島由紀夫、井上靖並稱為日本現代文壇三傑。
70 日本小說家、文藝評論家。

得一百個英文單字的人就能進行比方向「這是窗戶、那是門」這種國中英文教科書程度的對話，不過也就僅此而已。懂得一百個單字的人跟懂得五百個單字的人，程度上的差異其實不大。

若想更上一層樓，就得學會一千個單字。而就算除了假設語氣以外，也學會了複雜的文法，認得一千個單字的人跟認得七千個單字的人，本質上程度是差不多的。記住七千個單字雖然已達可進入日本頂尖大學的學力，但就「讀不懂書」這一點來說，這兩者之間其實是沒有太大差別的。

想要在沒有字典的情況下讀懂像是莎士比亞或是梅爾維爾等作家所著、要求高等智力的英文書籍，至少需要記下一萬個英文字彙。這才是專家的世界，是能運用英文做生意的世界。

換句話說，第一級指的是住在十的零次方世界中的居民，第二級則是十的一次方，第三級是十的平方，也就是一百個以上的字彙量。第四級是十的三次方，也就是一千個以上的字彙量。第五級則是十的四次方，字彙量超過一萬的世界。

所謂程度，所指的便是身處的世界。專家則是第五級世界的居民。

方才我提到專職寫作者的藏書至少要有一千冊，一千是十的三次方，所以是屬於

第四級。而第五級的定義則是「靠書」謀生的人。學者、評論家這種所謂知識分子的書架上，藏書是不可能少於一萬冊的。對於寫作者來說，書籍雖然是工作上重要的工具，卻不是「靠書」謀生的，因此我才會將第四級設為指標。

除了英文跟書籍以外，程度是以指數函數式進步的原理，同樣可套用在音樂、戲劇、電影甚或是運動上，它可為所有現象提供說明。

這一點所意味的是，初學時要進步是相當快的，然而學得越深，要進階至下一個階段就會越困難，這同時意味著所需花費的時間更多，看似毫無進展且停滯不前的時間也會變得更長。

這一點對於寫作者來說亦然。關鍵就在於是否能耐得住看似沒有進展、既漫長又痛苦的時間。是否能成為一名寫作者，便取決於此，並且是僅僅取決於此。

所有的祕密都存在於摘抄記事本中

接下來要進入正題了。

聽說博聞強記的評論家吉田健一的書櫃中只有一百五十本書。但他書架上的書，想必是精度高得驚人的一百冊。他過目的書籍超過一萬冊，他在這一萬冊中精挑細選後才購買，並反覆地汰舊換新。那是他在腦內精挑細選下，最終篩選出的必要的一百冊。

為何他可以辦到這一點？就我的推斷，他應該有摘抄的習慣。**摘抄記事本是這本書中所提及的最重要的一項工具**。

方才我提到書會在腦內形成網絡。藉由擺放邏輯只有自己能理解的書架，將讓人以為是完全不同類型的書籍得以「結合」；讓大異其趣的領域相互連結，使得電流通過。電流通過所產生的磁場，又會將其他不一樣的東西吸進來。

而得以進一步強化腦內網絡的便是摘抄記事本。

話雖如此，這其實也不是什麼大不了的東西，只是既不數位化、又過時的紙製小記事本。為了方便隨身攜帶，建議尺寸選擇能放入外套口袋中、大小跟長形錢包差不多的記事本。

對於寫作者而言，書絕對不是讀過就算了的，閱讀的同時應該是要伴隨著行為的。在閱讀時，總之就是要針對用字遣詞、字彙、文章風格、自己所贊同的論點、所欣賞的敘事手法不斷畫下重點線。不管用的是鉛筆或三色原子筆，什麼筆都好。我的話用的是既顯眼、畫線起來速度又快的黃色紙捲蠟筆。**到處畫線，徹底把書弄髒**。

畫線部分中如果有覺得特別重要的地方，就將該頁給摺起來，這就是所謂的書頁摺角（dog ear）。

將書讀完後，便暫時擱置，讓頭腦冷靜下來。**一個月後重新回顧摺頁處，再次閱讀畫線部分**。再次閱讀時，有時部分的感動依舊，同時也會有清醒過來的地方。搞不清楚自己當初是什麼理由畫線的情況不在少數，這都無妨。之所以要間隔一段時間，為的是要使畫線部分熟成、進行蒸餾，目的是要剔除掉雜質。

在熟成後，有些內容或邏輯帶來的感動是依舊的，這樣的內容就要摘抄下來，寫到先前我所提到、大小跟長形錢包差不多的記事本中。

千萬不可以用手機照下來，也不要掃描下來、以電子檔案的形式儲存在電腦中。這麼做的話就跟電子書沒有兩樣，不過是將資料建檔而已。這樣的東西只是庫存，不會流動，並不會在腦中循環。

為了能讓不同的文章作為腦內網絡的一部分結合、連結，又或者是吸來其他文章與思想，摘抄所扮演的便是載體的功能。而為了達成此一目的，就非動手不可。非得仔細閱讀、書寫下來不可。

這正是手寫的摘抄記事本。

寫作這件事是相當身體性的行為。施加負荷來破壞肌肉，之後給予肌肉些許喘息的時間，如此一來肌肉便會以增生肌肉量的方式來進行「超級復原」。就意象上來說，寫作跟重訓是相當近似的。因此「動手」這樣的麻煩是省不得的。

因為是持筆摘抄，自然必須花費時間，是一件麻煩事。而且就算寫下來肯定還是會忘掉，沒有立竿見影之效。我自己是在**持續摘抄三年後，才開始感受到這項行為帶來的效果**。它的效果便是能讓毫無關聯的文章自然「結合」起來。撰寫有關現代日本選舉的文章時，捷克總統的回憶錄、七十年前美國碼頭工人所撰寫的日記就自動自發地結合上來，會有電流在其中通過。而唯獨自己這個人才得以寫就的「轉」便就此誕生（第6發）。

摘抄帶來的好處

摘抄並不是什麼新奇的技巧，是被稱為作家的每個人都在實踐的方法。

但為何在數位技術進步的現代，非得進行這種好似要讓上個時代的化石起死回生的摘抄行為？這個世上有些事是「就算解釋了也聽不懂」的。即便是當事人，在學習的當下也搞不清楚所學的內容能派上什麼用場。應該說學習的本質正在於此。

就讓這一節在此告終也無妨，但這樣的收尾顯得很沒誠意，所以最後我再補充兩點。

第一，**摘抄可以幫助你「認識」自己**。

我想能將這本書讀到此處的讀者，應該沒有人會覺得自己是全世界最了解自己的人。最不了解自己的，其實是自己本人。自己對什麼事情抱有興趣、為何而感動、長期以來關切的是怎麼樣的議題、往後該如何生活，這些都是唯有透過學習、唯有透過活過自己的生命才會顯現出來的。

運勢已定的人不會躊躇不決。了解自己的人，是不會從自身的戰場上撤退的。

第二，**摘抄可以為自己帶來「變化」**。

頭腦中建立起知識的網絡這件事，即意味著 mojo 的出現。mojo 是什麼？詳細內容我會在第23發的內容中說明，但基本上指的就是在寫作時，「自身以外的某種存在」現身。要說是「某個東西從天而降」也行。創作的女神從天而降，透過 mojo 為你帶來變化，帶動你的手，引領你運筆。摘抄記事本便是對於「你之外的你」的召喚令。

撰寫沒有 mojo 現身的文章是全世界再無聊不過的事。寫下自己早已知曉的事一點都不有趣。無法讓自身感到驚奇的文章，又怎麼可能讓讀者感到驚奇？

Everything changes（萬物流轉）。自身能產生變化的人、不畏懼變化的人，會是戰場上奮戰至最後一刻的人。

寫作這件事，便是在自己的戰場上成為最後倖存的那個人。

第七章

生於世上就試著
全心全意生活

第22發

文章的定義

——全心全意生活、良善地生活、以一個好人的姿態生活。

JUMP

文如其人

我在海上遇難，在捲入滔天駭浪後被打上岸邊，那時我拚了命抓住的，是燈塔的窗沿。哇，真是太開心了，就在我準備出聲求救、視線探向窗內時，燈塔看守員夫妻跟他們年幼的女兒正幸福地享用簡單的晚餐。我頓時心想不能出聲。我發出的淒慘聲音會將這和樂融融的時間破壞殆盡，想到這裡，話已經到嘴邊的「救命！」就頓時打住了。

（〈一個約定〉太宰治）

轉瞬間，一個突如其來的大浪打上來，將這名內向的落難者給吞進去，捲至遠方的海中。太宰治在文章中緊接著這麼描述道。

頓時打住，覺得不能出聲。為什麼要打住？真是個傻子。

若是懷有這種想法的人，那麼不寫作也沒關係。

低調、謹慎、害羞、退縮。

不懂得什麼叫害羞的人，不寫作也無所謂。推特、臉書、IG，在這些嘈雜的世界中，粗糙的文章早就過於氾濫。寫作這件事已經過於張揚喧囂了。

有句話說文如其人。有不少人將這句著名的話理解為狗嘴吐不出象牙，但其實不是這個意思。**文章可以如實地反映出一個人**。一個人的個性、情緒、智商、來歷、性癖好、興趣，是冒失鬼、小氣鬼還是缺乏常識的人，這一切都會透過文章顯露出來。不對，應該說就算不想也會藉由文章流露出來。

我相當崇敬一位跟我有密切往來、堪稱世界級思想大師的智識。但仔細想想，我喜歡的是他的文章。不管是內容再怎麼艱深的思想，當中必定可見彷彿詩一般的斷層，相當具跳躍性，我因此深受吸引。

為何他能寫出這樣的文章？某天晚上，我逮到機會在酒席上向他提出這個問題。但他卻冷淡地回說「不曉得」，這個話題也就此打住，接著被轉移到其他方向。我覺得很丟臉，當下真想消失了算了。

但過了一陣子，這位思想家突如其來地說道：「應該是因為有好好地生活吧。」我是在一會兒後才察覺到，那句話是針對我方才提出的問題的回覆。

全心全意生活。

良善地生活。

以一個好人的姿態生活。

把生活過好的人。比起創作，更重要的是過好每一天的生活。全心全意生活，揮汗書寫。

良善的人。以道德律己、善待他人。不鬧彆扭，也不自我憐憫。創作的目的是憐憫他人才對。

好人。當個容易聽信他人的好好先生（小姐）。不要欺騙他人，去當受騙的人。絕不做出需要掩人耳目之事。

你的正義是否可以為人所理解？

有些情況下，寫作背後的原動力是「憤怒」。在義憤填膺的情緒下寫作，反而才是記者的主要戰場。**但與此同時不可忘卻的是，在那股義憤填膺的情緒下寫出的文章，目標的閱讀對象該是誰？**

比方說批判時下政權好了，監視並批判權力是健全新聞業的職責。不過文章應該要寫給誰看？記者的話語不是寫給本來就對政權帶有批判心態的讀者，而是寫給不明所以支持政權的人、無法清楚判斷的人，又或者是政權的死忠支持者。

但是當原稿中帶有嘲弄、說教、非黑即白的正義時，目標的閱讀對象是會掩耳無視的。文章即為媒介（第15發）。媒介即為波動。**不管是再怎麼微弱的波動，都必須傳遞至彼岸不可**。若是無法被傳遞出去，文章就無法發揮文章之所以存在的意義了。

我們應該研磨的，不是可以斬出黑白的正義之劍，而是能讓讀者在讀畢後感到羞愧的內容。我們該追求的是可以傳遞至對方的人性與羞澀所在的彼岸的文章。

能達成此一目的的最大武器便是笑容，也就是幽默。

橋下徹任職於大阪市長時，曾因為警告在畢業典禮上沒有一起合唱國歌的高中老師而掀起話題。而跟橋下徹關係良好、出身民間的校長，竟然還做出在畢業典禮上觀察老師們的嘴巴，以確認他們是否認真唱國歌這種讓人傻眼的舉動。

這起事件被眾多媒體報導，在一部分右派人士主張這是理所當然的同時，也有左派人士認為這是「侵犯思想與信念的自由」而加以譴責。

我個人是怎麼想的呢？我的意見是隨便，想怎麼樣就怎麼樣。

但我認為跟橋下打小報告的校長的那副阿諛諂媚嘴臉，與其說恐怖，倒不如說是很有漫畫感，活脫脫是巴爾札克筆下的人間喜劇。

我當時也對這位校長採訪，寫就了一篇篇幅不短的報導。標題中提到AKB48，拋出為何她們要齊唱的疑問。我相當正經八百地探究這個問題，文章中沒有一句話是帶有譴責意味的。許多讀者也向我反應這篇文章讓他們笑得很開心。

我所懷疑的是，對於打從一開始就荒誕無稽的鬧劇全力譴責，這樣的行為以文章來說，是否真能發揮出功效？

寫作意味著化身為創作者，而創作者說穿了，就是有趣的人。能寫出有趣內容的人便是寫作者。

「有趣」這個詞換成英文來說的話，也有「funny」的意涵，帶有可笑的意思。當中也有「interesting」的含意。有著耐人尋味、發人省思的意思。

而這個詞在日文中又是怎麼解釋的？

書寫，然後在這個愚蠢的世界中活下去

降下雪後風情萬千的早晨

（吉田兼好[71]）

冬天的早晨，靜謐的庭院中一片雪白，自昨晚降下的積雪閃耀著銀白色的光芒。庭院和遠方的山巒看上去連成了一氣，寒意沁人，心情豁然開朗。

自古以來日本人便是以「おもしろし」來形容眼前豁然開朗、四周明亮的景象。「おもしろし」最初是這樣的意思的[72]。

71 吉田兼好為日本南北朝時代的官人、歌人，也稱兼好法師，文學造詣深厚，著作《徒然草》由雜感、評論、小故事等組成。

72 現代日文中「有趣」寫作「おもしろい」，而文中所引用的吉田兼好的原文為：「雪のおもしろう降りたりし朝」。「おもしろう」這個詞為「おもしろい」這個詞的古文「おもしろし」的連用形變化，意思上可解釋為「風雅、耐人尋味、愉悅、罕見」等。

想寫出好的文章，就必須成為一個好人。這樣的人是揮汗過好生活的人，是律己惜人、同時有著強烈自尊心的善人，同時也是好人，也就是好好先生（小姐）。容易受騙、好說話，還有點少根筋。

這樣的人不會咄咄逼人，心胸寬闊、不糾結於小事上，性格沉穩，絕不會攻擊他人。換句話說，非得是一位君子不可。

寫作者須以君子自居。

我這話是認真的。

我在前頭寫到寫作者是能寫出有趣內容的人，更精準地來說，所謂創作者是能發現趣味所在的人。

徒然草中寫道「降下雪後風情萬千的早晨」，但身處鎌倉時代既沒有暖爐、也沒有暖氣的簡陋草屋中，清晨的寒氣肯定是讓人直打哆嗦的。肯定沒有人會覺得降雪的早晨是「風情萬千」（有趣）的。但這便是吉田兼好「發現」的趣味所在。**在無聊至極的人世探尋趣味所在的，正是創作者、正是君子。**

天行健，君子以自強不息。

（《易經》）

太陽和月亮、行星天體不分晝夜在空中運行，這正是君子應當效法的對象，每天不斷學習。

學習就是一切。而學習就是精煉話語、精煉創作，同時也是精煉感受能力。挖掘出趣味所在的能力，說穿了便是取決於感受能力有多麼敏銳，以及觀察這個世界的視線強度能有多強。

但為何得去探尋趣味？

那是因為這個世界無聊至極。

這個世界是愚蠢的，不值得一活的。

這樣的事實再理所當然不過。這個世界不是以你為中心打轉，宇宙也不是為你而生的。

俳句中曾詠嘆道「讓平凡的世界非凡[73]」，而「平凡的世界」本來就是常態。

73 日本幕末時期志士高杉晉作在辭世前留下的俳句。

因此人類有必要去發現。**打從人類創世以來，歌舞、故事、「創作」的存在都不曾於這個世界上斷絕過，這是因為人類是沒有創作就活不下去的生物。**因為人類無論如何都需要如同降雪早晨的寒氣般的「趣味」，需要比乾淨、柔和、明亮要來得更有深度，能讓心情豁然開朗、生存空間可以向外開展的「趣味」。

所展現出的笑容不用是哄堂大笑，也不能是嘲笑，而是自死板的理論和肉體的危險中獲得解脫時，不經意展露出的微笑。是如同盧舍那佛掛在臉上的古老微笑，是如同蒙娜麗莎般的微笑。

微笑是所有創作的中間點。

而動物是不會笑的。

第23發

語言的定義

——語言不是工具。

JUMP mojo（魔法、魔術）的祕密

Got my mojo working, but it just won 't work on you
I wanna love you so bad till I don 't know what to do

情聖愛上一名平凡的女孩，他以為要將這個女孩追到手不是一件難事，但是他的外貌、地位、歌聲以及他老練的情場技巧都絲毫無法打動她。而對方越是不把他當一

回事，他的渴望就愈加強烈，無論如何都想得到這個女孩。他不是玩玩而已，而是真心愛上了她。這位情聖於是遠道前往路易斯安那，造訪一名吉普賽女人，因為他聽說這個人知曉mojo（魔法、魔術）的祕密。

這首年代久遠的藍調〈Got my mojo working〉是穆迪‧瓦特斯（Muddy Waters，芝加哥藍調之父）演唱的作品，在卡拉OK也點得到這首歌。寫作者就非唱芝加哥藍調不可。

這一節要談論的是「語言不是工具」。語言不是工具的話，那是什麼？

語言是mojo。

大家都以為語言是工具，是表達自身的想法、情緒，並用於向他人傳達的手段。因此閱讀關於寫作技巧的書籍就會發現，這些書多半傳授的是協助表達自身想法與情緒的技巧，換句話說就是直通目的地的技巧。

過去我是以報社記者的身分踏上鍛鍊寫作能力這條路。藉由撰寫報導，我最先所學到的概念是「倒三角形寫作法」，也就是誰在何時何地做了什麼事。為什麼是這樣的寫法？這是為了將「5W1H」要素放在文章的起頭處，所謂的倒三角形便是這個意思。

假設有新的新聞進來，版面配置就會生變，報導的內容也會遭到刪減，因此記者通常會事先算好可刪減的內容，將重要的要素放在起頭處，其後則是就算被刪掉也無所謂的內容。

但網路文章則是剛好相反，採取的是金字塔形寫法，一開始先想辦法吸引讀者，誘發他們繼續往下閱讀，引導他們，讓他們點下「繼續閱讀」的按鈕。網路文章的目的是讓人點下按鍵，其結構呈現的是底部逐漸寬大的金字塔形。

我為了討生活，這兩種類型的文章都寫，但無論是倒三角形或金字塔形，我個人都希望能盡量避而遠之。

三角形是很無聊的，理由在於不管是哪種三角形，「答案」都一清二楚的關係。一開始想寫的東西已經有了答案，其差別只在於是將答案放到開頭處（倒三角形），還是將答案放到結論（金字塔形）而已。

去撰寫已經知曉答案的內容，意義何在？去思考既有的答案，那叫做猜謎。是解謎，是腦筋急轉彎。

傅柯這位思想家曾說過：「在撰寫一本書前，如果已經知道自己要寫些什麼的話，那麼寫這本書就沒有意義了。」**最初在面對原稿時，人是身處一片黑暗之中的。對於自己想寫什麼、該往哪個方向前進都毫無頭緒**。

因此必須向女神傳達自己的所在，必須知會創作的女神，自己每天會在固定的時間、固定的地點跟文章搏鬥（第20發）。

不過，在創作過程中會頻繁現身的不是女神，而是惡魔。

- 我不是作家，只是個冒牌貨。
- 我不過是區區一個小記者、一個上班族、一個主婦、一個打工族，根本就沒有寫作的資格。
- 我所寫的東西一點價值也沒有。
- 沒有人會對我寫的東西感興趣，沒有人會因為讀了我的文字而感到開心。
- ○○○比我要來得厲害多了。
- 我搞不清楚自己想寫什麼。
- 我是個沒用的人。

讓內在的惡魔消失、讓外力造訪

自身的敵人就是自己。能夠成為作家跟無法成為作家的人，差別就在於是否能挺身面對內在的惡魔。**跟內在的惡魔交戰，總有一天等到女神的造訪、完成稿件的人，終將能成為寫作者，終將能成為作家。**

因此，特別是撰寫長篇內容的稿件時，在剛開始動筆後，就算萌生「現在自己手頭上這份工作毫無價值」這樣的想法也不用擔心，應該說會這樣想才是正常的，是一種常態。

撰寫初稿時，不管是內容的好壞、遣詞用字、文章風格或結構，一概都別在意。總之就是用最快的速度，將當下自己腦袋裡頭有的東西全部吐出來。並且是在自己尚未從夢境中醒來之前，一旦恢復了意識，潛藏於潛意識深處的想法將再也不會現身。寫下存在於自己腦袋中斷簡殘編的內容。與其說是寫，應該說是吐出來。將頭蓋骨翻面，使力搖晃。若想稱之為自動書寫法也無妨，將彷彿轉瞬便要忘卻的夢境內容給記述下來一樣。有位詩人聽說在睡覺時，會在房門口掛上「詩人工作中」的告示牌。

就書籍的初稿來說，我通常寫下的字數量會是最終完稿的一點五倍到兩倍。以四百字的稿紙來計算的話，大概會寫到四百到五百張左右。

我想只要實際有過寫作經驗的人就會明白，要求一個腦袋正常的人拿四、五百張稿紙來寫已經知曉「答案」的內容，既不知道有什麼用、也不曉得誰會讀，這種事是不可能的。**若非腦袋稍微不正常，這樣的東西是寫不下去的**。

而以前述方法完成的「夢的殘骸」初稿，其內容是慘不忍睹的。說得難聽一點，就像在審視自己的嘔吐物一樣。所以重寫這些內容的二稿，是教人相當吃不消的工作。在修改的過程中會質疑自己怎麼寫得出這麼蠢的東西，陷入自我厭惡。

這項重寫的工作，就是將「作者」想傳達的內容和夢中的囈語「翻譯」成常人所能理解的日文。總而言之就是將文章修改為意思通順的日文。

我提到的這些內容相當不可思議。什麼「作者」呀、「翻譯」的，話說回來初稿不就是自己本人寫的嗎？翻譯自己所寫的文章內容究竟是什麼意思？

在二稿中，總之就是將內容修改到可以讀懂為止。如此一來，便會發現其實有幾處是「寫得頗耐人尋味的」。創作的女神是不會背叛人的。不過前提是我們總是全力以赴、心態誠實，總是上緊發條，且堅持誠摯地書寫。

我在進入三稿後才會將文字列印出來，在紙上閱讀，用筆修改。在三稿中最重要的便是律動感（第18發）。字彙跟文章風格暫且不管，將內容從頭到尾讀過一遍，去感受其中是否存在律動感。站上衝浪板、迎接大浪；騎乘重機奔馳於山間道路，和風化為一體；騎著自行車滑下斜坡，在不踩踏的情況下讓車輪自行轉動的「慣性滑行」，去找到這樣的感覺。

如果文中絲毫沒有這樣的律動感，那就不會是可供人閱讀的內容；若有的話，該處便為重點所在，其律動感便是將整體內容串連起來的關鍵，會是文中的頑固低音。善用這個律動感去大幅修改沒有律動感的內容。去創造出浪、風、斜坡。

在三稿中要專注於為整體內容創造出大的波動和律動感。這一點是寫作時最困難，同時也最有趣的地方。

這項工作萬萬不可輕忽。而本書中提到的「消滅慣用語句」（第4發）、「避免擬態語、擬聲語」（第5發）、「運用省略技巧營造速度感」（第16發）等技巧則是用於這項作業之後，是施展於第四稿跟第五稿中的技巧，目的在於「研磨」，屬於收尾階段的作業。

我在前文中將律動感寫成了波動、浪、風跟斜坡，浪是潮力、風是氣壓的力量，而斜坡則是重力。

這幾個詞並非譬喻，而是身體實際可以感受到的「力量」，是來自於外在的力量。我在前頭曾寫到，所謂文章是由作者本人這個主體將判斷、情緒、想法統一，使其完結並呈現的產物（第2發）。這一點是無庸置疑的，但是律動感的力道卻是來自外在的力量，是僅能從自身以外之處獲取的。我之所以會說語言不是工具，便是這個意思。

mojo生效，女神現身

我們雖然只能透過語言來思考，但其實「思考」的真正面目是為尚未化作自身語言的內容找到文字。

運用文字，並僅以文字這項武器來想個透澈，這樣的行為便是文學。

大部分人都以為是先有自身的想法跟情緒存在，然後才去運用語言這項工具來表達。這樣的想法基本上是錯誤的。實際上是內心深受打動，心中那股不知該如何表達才好的情緒、想法或判斷逐漸地讓言語成形。用自身的話語為過往未曾有人提出的論點賦予形態。但那樣的話語是來自外在的，是在自身透澈地思考過後，超越某個臨界值時所湧現出的話語。

衝浪板所承受的潮力、推動我們前進的氣壓力量、慣性滑行的的重力，這些才是律動感的真面目。

閱讀透過了外在的力量化作言語的文章時，會驚訝地發現「原來我在思考的是這樣的事」、「原來我所抱持的是這樣的情緒」。我們正是為了這訝異的瞬間而寫作的。

在寫作過程中覺得筆下文字有趣時，那內容其實不是出於自身之手，而是因為女神從天而降，是因為mojo 生效。

過去我在寫《美味的資本主義》這本書時，在最後一章、冗長的故事最終作結處，一開始是寫道「不管這個世界往哪個方向前進，都沒有好壞之分。這世界永遠是醜陋的，而人生是不值得一活的」。

事實上直到現在我依舊抱持這樣的想法，然而就在我將分量將近三百張稿紙的定稿從頭到尾讀過一遍後，發現貫穿通篇文章的律動感的力量所指向的，應該是再更進一步的結論。文章的律動拒絕以這個結論作結。我在最後的關頭似乎沒有全力以赴。

我於是花上三天思索結論。

這個世界不會改變，永遠是醜陋的。人生是沒有價值的，人是愚蠢的。但為何你又活著？又為何要寫作？

世界既不會變好也不會變壞，這無所謂。不過這世界與人類的真面目是可以觀察的。我想要顛覆，去顛覆世界、顛覆他人，也顛覆自己！若這個世界不變的話，那就改變自己。成為一顆不會生苔的滾石。

我在徹底思索後得到的話語，是受到路易·斐迪南－賽林的小說以及滾石樂團、巴布·狄倫的樂曲所誘發出來的。雖然之所以能召喚來這幾位人物，要拜摘抄記事本發揮了直接的功效之賜（第21發），而我至今依舊覺得這本書最後幾頁的內容並非出於自身之手。

自己寫就的文章走在自身的前頭。文章超乎了自身的想法、情緒、判斷。而事實若非如此，也沒有寫作的必要了。不知道自己要寫什麼，也不確定自己能寫些什麼，在這種無止境的不安中賭上些許的可能性，幾乎可以說是一種自暴自棄的賭博行為。面對孤注一擲的俄羅斯輪盤，準備發射、即將扣下扳機前，mojo便開始運作。

徹底思考，試圖將尚未言語化的想法化為文字，就在想通的瞬間，話語便會從截然不同的方向降下，被召喚出來。

這正是mojo的真面目，而律動感正是mojo所應乘的那股浪、那陣風、那道重力。

第24發 書寫的定義

——我非寫不可。

JUMP

寫作的理由何在？

語言這種東西不該去學的
沒有語言的世界
若是我們存在的世界中
意義不具任何意義
不知該有多好

（略）

浮現於你溫柔眼中的淚光
從你沉默的唇舌中流瀉出的痛苦
我們的世界若是沒有了語言
我將只是注視著你，然後轉身離去

（略）

語言這種東西不該去學的
受到會說日文和些許外語所賜
我在你的眼淚中駐足不前
我將隻身回到你所流淌的血中

（〈歸途〉田村隆一）

人為什麼要寫作？

沒有為什麼，因為明天要開會，非整理好企劃案不可；因為得寫感謝函跟道歉信；因為有國中的會考跟大學的學測；因為小學會出作業……

要不是因為有這些情境，人是不會特地去寫作的。這樣的人是幸福的。我沒有挖苦之意，也不是在說反話。再也沒有什麼事是比不用寫作也能活下去要來得幸福的。**語言這種東西，不該去學的，就是因為知曉語言，因此能理解他人的悲傷**。

寫作這件事本身賺不了什麼大錢，然而我還是非寫不可。不是因為要開會，不是因為要參加考試，也不是因為可以賺錢。即便如此，我還是無法不動筆去寫。我想也只有這樣的人，才能將這本書讀到這裡吧。

為何書寫？

我自一九八七年開始以記者的身分工作，在那之前，不曾寫過像樣的文章，也從未參加過藝文類的社團或是上過大眾傳播相關的課程。高中時我做的是建設業跟大樓清潔的打工，大學則是洗碗，根本沒想過要成為報社記者。

生平第一篇新聞報導

我到現在都還清楚記得自己在成為報社記者後所寫的第一篇報導，那是一名男高中生在川崎市的集合住宅跳樓自殺的新聞。在現在的話，這樣的事件根本不會登上報紙版面，警方也不會公布這樣的消息。我在當上記者的第一天時，如臨重大事件般急忙趕往現場，拍照、採訪附近鄰居，依樣畫葫蘆走上高中生為了跳樓而爬過的樓梯，站在頂樓向下窺探地面。我還試著將身體探向安全護欄外。一陣風吹拂過去。

這篇報導被刊登在神奈川縣版面中最下方不顯眼的一角。隔天早上我攤開報紙後，無心顧及頭版和其他版面內容，首先就是翻到神奈川縣版面，閱讀自己寫的自殺報導。這篇報導無法撫慰遺族的內心，高中生的自殺也不會因此而減少，一點用處都沒有。別說是沒有用處了，全世界大概除了我本人以外，沒有其他人會來閱讀這篇報導。

但是在讀完這篇報導的瞬間，我陷入一股不可思議的情緒中。那感覺宛若昨天發生的事，直到現在我都還記得。那感覺既非興奮、也非喜悅，同時更不是成就感。

那是一種好似自己不是自己的感覺。是一種方才還在自己內在的一部分從自身抽離，在外圍凝視自己的感覺。

我將這篇報導給剪貼下來，直到現在都還收藏著。

舉目望去，既無鮮花亦無紅葉，岸邊茅草屋，秋景日暮（藤原定家[74]）

在寒冷的海邊可見貧窮民家，將海面妝點得鮮紅豔黃的楓葉已然落盡，舉目不見一朵花的存在，這首和歌描述的是寂靜蕭條的晚秋日落時分。

沒有花，也沒有紅葉。然而一旦寫出了「沒有」，那麼冷清蕭條的日暮中也將有花朵綻放、可見正盛的楓葉。冬去春來，草木再度發芽，世界也將重生，這樣的景色會在眼前開展，幻化為明確的預感，展露於眼前。

幼童因為找不到媽媽而落淚，哭喊著「媽媽……」最終哭累了，於是自己化身為母親，安撫懷中的人偶。

幼童為何會將「媽媽……」掛在嘴上呢？

那是因為語言便是母親。是因為媽媽能藉由語言而現身於自身眼前。順帶一提，「媽媽……」也是不折不扣的文章（第2發）。

僅帶有喜悅情緒的作品

這世上存在著與父母間、夫妻間、孩子間、男女朋友間的別離，是明白雙方從今而

74 日本鎌倉時代初期的貴族、歌人，年輕時便展現出創作和歌的天賦。

後將不會再見上一面的別離。無論怎麼樣的話語都無法為人帶來慰藉，無論怎麼樣的話語都無法帶來彌補。眼淚一旦流下雙頰，淚水便將凍結。

雖然這種情緒帶來的失落絕對無法透過言語填補，但人依舊還是將其言語化，自古以來持續傳誦。「哀嘆」這個詞是從「長長地」這個詞變化而來的[75]。踏響地面、放聲流淚，將話語給拖得長長的。哀嘆。

春臨雪中，樹鶯之凍淚，亦融於春風（藤原高子[76]）

三十一個文字構成和歌，十七個文字構成俳句。藉由十七個文字來表達哀嘆的情緒。當人在腦中試圖透過語言傳達的當下，就會無法「哀嘆」了。**當人試圖運用其他話語來表達無法透過「悲傷」這樣的詞語來傳達的難過時，是無法同時感到悲傷的。**若是不將悲傷的情緒暫時擱置一邊，言語是不會出現的。

不是自己的自己。那是一種確實存在於自身中的情緒脫離身體，並站在自身外側注視著自己的感覺。

其理由在於，若是無法客觀審視自身的話就無法創作之故。既要感到悲傷，並與此同時創作為文字，一個人是無法同時進行這兩種行為的。**創作時，悲傷的眼淚是會脫**

離自身的。而所寫就的文字傳達出的會是自己懂得悲傷的訊息，會是僅帶有喜悅情緒的作品。

人之所以創作詩、之所以寫作，便是基於這樣的理由。

因此，當悲傷湧現時，必須趕緊化作文字。因為悲傷是一種無法持久的情緒。

我就是我

曾有過這樣的一段插曲。

我自小出生、成長於東京，但二〇一四年時我拋下故鄉，目前定居於大分縣日田市的偏僻山間。九重連山[77]距離我的住處很近，我經常會開車前往山間以轉換心情。我在這種交通流量小的「偏鄉山間道路」上，碰上了一個小規模的道路施工。近年來這樣的施工現場偶爾也可見到女性的身影。當時有個看似年逾六十歲，搞不好可能是年近七十的老太太，彎著腰，正推著承載著破碎柏油路塊的手推車。或許她光靠退休金日子過不

75 日文中「哀嘆」寫作「なげく」，「長長地」則是寫作「ながく」。
76 日本平安時代初期清和天皇的女御（後宮中位居高位的女官），陽成天皇之母。
77 日本大分縣玖珠郡九重町到竹田市北部的火山群的總稱。

下去，或許她丈夫的身體不好，又或許她的小孩罹患了罕見疾病。這些都無從得知，我要說的不是這個。

我就是我。

我一直以來都是這麼想的，我很有可能就是他或她。現下的自己是處於一個為了散心而能在山間兜風的身分，並以寫作作為維繫生活的手段。但我不認為自己是有這樣的資格的。我之所以能成為現在的自己，這一切靠的並不是自身的努力。是因為我很幸運，是因為這一切背後有著只能稱之為偶然的力量在冥冥中運作的關係。

我之所以能成為一個靠寫作吃飯的人，憑藉的不是自身的努力。我在心中是如此堅信的。

為何寫作？

我是為了他和她而寫。不對，不是這樣的。我是以他和她為對象寫作的。

在寒冬與酷暑的山間道路上施工、年逾六十歲的老太太，回到家後是不會閱讀的。

我很清楚這樣的人是怎麼生活，因為我自己就是出身這樣的家庭。我東京的老家是很窮的。

在結束肉體的勞動後疲累地返家，了不起就是看一下有線電視節目，然後倒頭沉沉睡去。他們這一生中或許根本就沒有從頭到尾好好讀過一本書。

這節的主題不在此，我要說的不是這個。

為何寫作？我是以他和她為對象而寫作的。

認同自己與世界

我曾在門下的私塾學生畢業後收到一封感謝函，那名學生是任職於九州地區報社的記者。他出身於鄰近日本國境的外島，而且還是距離島上鬧區有一段距離的偏鄉村落。

自小他身邊沒有一個人是靠寫作吃飯的。直到現在，他在公司依舊會有矮人一截的自卑感。但對他而言，寫作這件事不單純只是每天的「工作」，而是賭上自己短暫的一生、將其視為「籌劃[78]」自身行為在書寫的。他在感謝函上寫到這是自己目前的想法，為此他也不斷地持續學習。學習正是這本書中提到的一切。

78 作者在日文中使用的漢字為「企投」，屬於存在主義的概念，為海德格提出的「Entwurf」這個用語的日文譯語。

寫作是可以改變過去的。

寫作可以讓過去自己存在的世界獲得認同，是可以拯救過去的自己，是可以幫助自己無怨無悔接受自身命運的。

我在寫書時，篇幅較短的作品大概會寫上三、四百張稿紙。而我在開始撰寫初稿後，大概會重寫六次，多的時候曾重寫過九次。寫壞的稿紙就被我堆到身後去。那一堆成為廢紙的稿紙山，之後將營造出大浪和波動。我便乘於浪上，被那股浪推著往下寫。

有時那股浪會大到讓人感到害怕，彷彿光憑自身的力量無法衝上這股浪，可能會在被捲入後翻覆，然後溺死其中。在暴風雨中有勇無謀地衝浪。

但總而言之就是先乘上那股浪再說。

不曉得能否順利乘於浪上，但不要多想，就是去乘到浪上。

優劣留待後世判定

我則乘遊颶風中

（與謝野晶子[79]）

去擲骰子

是否順利乘到了浪上，還是在浪中翻覆溺水，這一點就連寫作者本人都無法掌握。文章是好是壞，是交由讀者和後世來判斷的。自己則是去乘於浪上，不對，應該說是試圖去乘到了浪上。只有這一點是透過身體清楚地記得、被刻畫於腦中的。

我的內心有個始終無法解決，但若是不解決便無法向前邁進的疑問。而嘗試去回答這個問題所做的努力，便是「寫作」這項行為的終極本質。疑問越是大，浪便更猛，溺死的機率也越高。

徹底地思索，掏空自己。把自己逼到極限，呈現出繩子被拉展到極致、彈簧失去復原彈性的狀態。即便將腦袋反轉過來使力搖晃，也搖不出一丁點碎屑。

若能體驗到這樣的感受，那麼對於寫作者本人來說，是否順利乘至浪上、又或者只是在翻覆後溺水，都再也無所謂。因為自己已經全力以赴，將繩子拉展至極限，已經呈現彈性疲乏、無法恢復原狀的狀態。所殘留下的只是這樣的感受和暢快的虛脫感。也只有在將自己逼到這種程度後，才會接著想要再度提筆書寫。

79 活躍於明治至昭和時期的日本女詩人、作家、思想家。

下一道浪，只會湧向完全掏空自己的人。萬萬不可抱有「這一部分留待下次再寫」的想法。現在就寫下來，馬上就寫下來，全部都寫下來。將身上所有的錢都賭下去。在自己心中的「為什麼」打住之前，徹底地思索個透澈。唯有能做到這一點的人，才會收到下一場比賽的出場通知。去擲骰子。

為何要寫作？那是因為適逢了悲傷的別離。哀嘆。是因為不將話語拉「長」就活不下去的關係。是因為哀傷的情緒可以轉化為「只能被寫出來的哀傷」的關係。

為何會想將哀傷轉化？那是因為想要獲救。因為必須拯救自己，無怨無悔地接受命運，改變過去，然後在明天繼續活下去的關係。

又為何非得活下去不可？那是因為唯有自身獲救，才有辦法去拯救他人。獲救者可以拯救他人。唯有愛自己的人，才有辦法去愛別人。

那為何又非得去愛不可？為何人必須去愛他人？為何我會「在你的眼淚中駐足不前」？「九重連山的老太太」究竟又是誰？關於這點……

我不是寫得一清二楚了嗎？骰子已經擲出去了，再也無路可退了。

第25發 痕跡

——我所留下的文字，由你來解讀。

JUMP 書面文字的資訊

文字是會造成誤解的。真理其實不該透過書面文字，而是應該透過口語當面傳達才對。自古以來的人類一直都是這麼認為的。

被喻為全世界第一位哲學家的古希臘人泰勒斯未曾遺留下任何文字。全世界第一位數學家畢達哥拉斯雖然有眾多學生，但他同樣未留下過任何文字。蘇格拉底也同樣沒有留下著作，《蘇格拉底的辯證》等書，是他的學生柏拉圖將蘇格拉底說過的話語記錄下來而成書的。

十八世紀的思想家盧梭同樣也有過「書面文字是虛假的，口頭話語才是真實」的發言。

這樣的想法乍看之下或許跟我們現代人的價值觀正好相反。我們都認為口頭的話語是無法信任的。口頭的約定不可靠，必須要寫下來，留下證據。因為你口中的「我愛你」這句話是不可靠的，所以要把它化為文字、捺印，並遞交至戶政事務所才行。

不過仔細想想，書面文字跟口語相較之下，其實是相當薄弱、貧乏的「工具」（在此我刻意將語言定義為意思不正確的工具）。

畢竟書面文字的資訊量相當少。「我愛你」這句話是在對方直視你的情況下被說出口的，還是目光游移、聲音微弱的，這些資訊對於讀者來說並無從得知。書面文字既無聲調也沒有抑揚頓挫，此外也無法掌握肢體動作。

當面談↓電話談↓寫信↓電子郵件聯繫。

這個順序是依照資訊量由多至少來排列的。以信件來說，對方選擇的是怎麼樣的信紙跟信封？用什麼筆來書寫，是鉛筆還是鋼筆？而除了文章本身以外，同時還包含了像筆壓這樣的訊息。網路上的文章則是資訊量最少的，表情也極為單調。

有些人在面對資訊含量小的媒介時對此事實渾然不覺，而提供這些人胡亂揮舞能夠化身為凶器的語言的場域，便是推特和社群網站。

資訊量極少這一點便是書面文字的特徵。而書面文字也必然該是如此。

拒絕受到掌控

口頭的話語其實是很擾人的。

我住在九州的偏遠山間，每當要前往東京時，首先必須搭乘高速巴士前往機場所在地的博多。而搭乘高速巴士對我來說如同接受拷問一般，搭上車後不出十分鐘，我就會陷入被口頭話語攻擊的地獄中。

巴士即將開上高速公路，請您繫好安全帶……請勿使用行動電話通話，以免造成其他乘客困擾……本巴士全面禁菸……停靠各主要巴士站的時間是……此外，根據交通狀況，抵達時間可能會稍有延遲……

一開始會先播放以女性聲音預錄好的廣播內容，接著是司機用麥克風複述，同樣的內容相當周到地重複了兩次。或許有人會覺得我神經質，但我實在是受不了這種口頭言語帶來的壓迫感。重複流瀉的內容幾乎沒有意義，就這樣占據住空間，擾動狹窄車內的空氣。所以每次我在搭上巴士後就會馬上戴上耳機，用大音量播放顧爾德的曲子。而忘記帶到 iPod 時是恐怖至極，我會在那十分鐘內用手用力蓋住耳朵，抱頭將面朝下強加忍耐。

電視的聲音對我來說也是酷刑。進到第一次造訪的定食餐廳就座後，發現電視的音量超出自己所能容忍的範圍時，我會假裝忘記帶到錢包，落荒而逃似地離開那家店。

口語是有能力掌控場域的，而沒有一個人是對權力無欲的，每個人都想掌控場域。拿剛出生的小嬰兒來說，他們會嚎啕大哭，以便傳達「媽媽注意我！」這樣的訊息。因為口語的首要目的就是要讓眾人聚焦，期盼獲得關注，所以也是理所當然的。

書面文字在這一點跟口語有著本質上的差異。當然書面文字也希望受到關注，期盼為眾人閱讀，同時是在作者懷抱著最好能成為暢銷書的期許下被寫就的。這本書也不例外。

然而，**書面文字的性質是一旦沒有對象（讀者）便無法運作。書面文字不會去掌控場域，也無法掌控場域。書面文字拒絕去掌控。**

在我這間有報社記者、雜誌記者和電視台的攝影師齊聚一堂的山間私塾中，大家若是喝酒喝到半夜，話題就會開始變得幼稚。我偶爾會向年輕人問道「你認為好的文章該如何定義？」

這些年輕人對於「寫作」這項行為不曾加以深思，好不容易才戰戰兢兢擠出來的是「應該是易懂的文章吧？」這樣的回答。

我又會窮追不捨地追問道，那「『易懂』又是什麼意思？」同時提出「一個人話語中的『意義』基本上是無法為他人所理解的，這點是語言遊戲的本質」這樣的論點加以追擊。

易懂的文章是什麼？是不會造成誤解的文章嗎？

有一種文章是單純為了避免造成誤解所撰寫的，那便是法律文字。法律不能是既可這樣解讀，同時也能那樣解讀、具有爭議空間的文章。法律文字不管是由誰來解讀，都必須能獲得相同的結論，若是達不到這一點，那麼其正統性就會受到質疑。

讀者們可以試著去讀讀看法律文章，法條就文章的觀點來看，絕非「易懂」，更遑論「好的文章」，是相當難讀的替代物。

文本以外無一物

完美的文章是不存在的。沒有瑕疵、無論從任何角度來解讀都是正確、彷彿「神之箴言」一般的文章是不存在的。無論再怎麼有才華的作家，無論是出自於何方神聖之筆，文章的存在自身絕不可能是完美的。

書面文字並非寫作者在認定「完美」的情況下收筆後，就此完結的東西。文章是在被完成後才開始運作。我在前面寫到「書面文字的性質是一旦沒有讀者便無法運作」。**書面文字是會自行動作的，就連作者也無法去控制其動向**。

作者並不存在於讀者閱讀當下的那個時空，作者有可能已經往生、不在這個世上也說不定。即便如此，書面文字依舊能持有生命。只要有讀者存在，文章便能存活下去。不對，應該說文章必定是會存活下去的，只要有讀者存在，文章便能於當下構成意義。

而伴隨著讀者的增加，書面文字也將獲得新的意義。嶄新的閱讀方式、詮釋角度，偶爾還可見相當具有創意的誤讀。換句話說，文本會逐漸壯碩，寫作者無法去反對這種書面文字的「運動」，同時也不具有反對的資格。**書面文字不是寫作者的所有物，文本在被創作出來的當下，便不再為作者所擁有。書面文字的所有權在讀者手上。**

書面文字還有一個性質是，內容無法被寫作者道盡。

Il n'y a pas de hors-texte.

文本以外無一物。（尚—雅克・盧梭）

文本在被書寫下的瞬間，是資訊量極少且薄弱的東西，但是隨著時間流逝卻會逐漸壯碩。文本會受到讀者閱讀，被賦予意義。文本將被反覆閱讀，而在被閱讀後會更加豐富。書面文字就是「痕跡」（trace），是讀者在文本中留下的足跡。

書面文字不會有飽和的一天，這便是其本質。

該如何定義好的文章？好的文章不是易懂的文章。好的文章指的是帶有空隙的文章、不會飽和的文章、讀者可在其中留下運動「痕跡」（trace）的文章。好的文章是能種下誤讀種子的文章。

為何要寫作？

寫作的目的是要讓看不見的東西可以現身；是為了要拔下因為老套的譬喻而蒙霧的眼鏡；是為了要用自己的眼睛去觀察；是為了要去嗅聞味道；是為了要聽風的歌。寫作的內涵便是這些，去擷取出唯有自己看得到的世界。寫作為的是開拓出至今未曾體驗過的世界。

但與此同時，文章也會讓原本看得見的東西隱身。在文字被寫下的當下，世界就變得模糊了。懷抱著堅定自信所寫下的文章，不可能會是完美的。既能以這樣的觀點解讀，同時也能以那樣的觀點解讀。文本本身若是不夠壯碩的話，就難以讓人提起反覆閱讀的興致。好的文章說穿了，就是可以反覆閱讀的文章。

- **文章能讓看不見的東西現身。**
- **文章能讓看得見的東西隱身。**

這兩句話傳達的其實是同一件事。

萬物無常，世上沒有永生的存在。

無所畏懼，順其自然接受變化。

寫作便是去創造迷宮。

結語

一九八七年秋天——黑暗之心

在寫完這本書後，三十三年前的記憶突然湧上心頭。

我雖然不曾厭倦過寫作這件事，但卻曾經歷過好似漫步於暗夜中、陷入死胡同的經驗。這樣的經驗在我展開寫作生涯不久後降臨，那是我當上記者後第一年的秋天，當時我隸屬於總共只有六名員工的川崎市分社。

那時我為了撰寫交通事故以及火災的相關報導，每天早晚都積極地造訪警察局。對於菜鳥記者來說，除了撰寫由警方提供消息的報導以外，被稱作是「街坊消息」的微不足道小新聞——像是動物園的猴子生小猴子了、特別的紅豆麵包現正熱賣等等——也是相當重要的採訪任務。但我完全不曉得該如何撰寫那樣的報導，更正確地來說，我其實是搞不清楚「街坊」跟「消息」的定義。套用這本書的重點來形容的話，就是我搞不清楚「觀察這個世界的切入點」。

就這樣蹉跎了一個月，「街坊消息」的報導依舊一篇都沒能寫成，但主管或是前輩並未因此發怒或是顯露出擔心的樣貌。而我自身卻因此相當消沉。

某天，同樣是一個生不出報導的晚上，結束手上工作的分社長找我一起去散步，我心想「走走也好」，便答應了他。

我們兩人就在分社附近漫無目的地走著，沿路上有便宜餐廳櫛比鱗次跟小鋼珠店震天價響的商店街、有業者會上前攬客的風俗店，也有可見特種行業女性身影的昏暗道路，再往前走一些則是安靜的住宅區。

分社長在路上並沒有給予我任何建議，我們就只是這麼走著，但他時不時會停下腳步說道：「噢，現在在舉辦菊花的評賞會呢，秋意也越來越濃了」或是「這間寺廟的銀杏葉很美呢，應該不少人會來撿銀杏的果實吧？」

我不曉得他這些話是在對我說，還是在喃喃自語。我只是有氣無力地附和道「是的」，並跟隨著他前進。

我們在走了超過一個小時後，進了一間居酒屋，分社長請我吃了飯。

他沒有向我說教，反而還稱讚我「你寫的文章很靈活」，並送了我一張以前他在跑社會新聞時認識、現在在電影宣傳公司工作的老朋友給他的免費電影票，還對我說「工作時看電影不算是偷懶」。那部電影是《哭喊自由》。

打從隔天起，報紙的縣版面上便開始定期可見有關菊花香、銀杏小偷的小篇幅報導。但我當然也不是自那時開始就一瀉千里地進步到可以寫書的程度。

不過，每當碰上寫不出東西時，現在我依舊採取的是相同的做法。

去散步、去觀察。什麼樣的題材都無妨，再微小的事情也無所謂，總之就是去試著寫些什麼。

試著再活下去。

我想藉此機會向當時的分社長川上湛永先生表達謝意。我們已經幾十年未曾聯繫，就連他是否健在我也毫無頭緒，可以的話我想試著找到他。

我也從報社的前輩跟同事身上學習到許多。勸我離開公司，進入自由競爭市場中去跟人一較高下的是小島章夫先生。是他對我說你寫的文章帶有不規則節拍。西村隆次先生則是比我要來得更加毒舌的劣文獵人，是他教會我什麼是技巧以外的真文章。文章即品格。

山口進先生則是一位我想稱之為盟友的年輕朋友，他以主筆的身分，毫不留情面地向出了幾本書就自以為是大人物的我潑冷水。文章沒有終結之時。文本以外無一物。

另外我也要感謝以高久潤為首的這幾名私塾的學生，他們總是開心地放聲大笑，雖然時不時被我臭罵，但依舊持續鍛鍊寫作技巧。

擔任書封設計（日文版）的新井大輔先生的設計風格讓人相當出其不意，我打從心底為概念嶄新的封面跟內文版型設計以及他的風格感到驚豔。特別是他將班・尚恩（Ben Shahn）版畫集中的「摘自里爾克的《馬爾泰手記》為了寫出一行詩」這幅作品用於裝幀上，讓我相當喜出望外。在此我要向所有參與設計的人致謝。

而對編輯 Lily 跟田中里枝小姐的感謝則是溢於言表。這本書的企劃、結構、「狂放的實用書」這樣的概念，以及採取混用了常體與敬體的馬戲團風格文章，這些全都是田中小姐的點子。我跟學生們在自己的私塾中總是虛張聲勢地自以為是「專業的創作者」，但在田中小姐這位編輯的專業面前，我才發現應該是要達到像她那樣的程度，體認到自己過去一直都太天真了。

在這本書成書之際，我打算要再從頭開始練功。

二〇二〇年秋天　準備割稻並將進入狩獵期之際

——近藤康太郎

引用文獻一覽

※本書所引用的文章原文取自以下文獻。（）內為初版的出版年分。

*《冥途、旅順入城式》內田百閒著、岩波文庫（一九九〇）

*《史蒂芬·金談寫作》史蒂芬·金著、池央耿譯、藝術家書屋（二〇〇一）

*《文盲雅歌塔·克里斯多夫自傳》雅歌塔·克里斯多夫著、堀茂樹譯、白水社（二〇〇六）

*《新版小林秀雄全集　第八卷　所謂無常、莫札特》小林秀雄著、新潮社（一九七八）

*《追憶（上）》高爾基著、湯淺芳子譯、岩波文庫（一九五二）

*《身穿夏威夷衫展開獵人生活》近藤康太郎著、河出書房新社（二〇二〇）

*《霰酒》齋藤綠雨著、岩波文庫（一九三九）

*《在我彈指後、在你長大前的詩集》齋藤倫著、高野文子繪、福音館書店（二〇一九）

*《太宰治全集10》太宰治著、筑摩書房（一九七一）

*《談志後台休息室閒聊》立川談志著、文春文庫（一九九〇）

*《田村隆一精選》田村隆一著、青木健編、河出書房新社（一九九九）

*《契訶夫全集6（小說1886～87）》安東·契訶夫著、原卓也等人譯、中央公論社（一九六〇）

*《論文字學（下）》雅各·德希達著、足立和浩譯、現代思潮新社（一九七二）

*《公司的人事——中桐雅夫詩集》中桐雅夫著、晶文社（一九七九）

*《中井正一全集3　現代藝術空間》中井正一著、九野收編、美術出版社（一九八一）

*《漱石全集　第二卷　我是貓》《漱石全集　第三卷　草枕、二百十日》《漱石全集　第八卷　門》夏目漱石著、角川書店（一九六〇、一九六一）

*《野呂邦暢小說集成2　日落》野呂邦暢著、文遊社（二〇一三）

*《鎮上最美麗的女人》查爾斯·布考斯基著、青野聰譯、新潮社（一九九四）

*《文學空間》莫里斯·布朗肖著、粟津則雄、出口裕

弘譯、現代思潮社（一九六二）
＊《佛洛伊德著作集3 文化、藝術論》西格蒙德・佛洛伊德著、高橋義孝等人譯、人文書院（一九六九）
＊《寫給和歌詩人》正岡子規著、岩波文庫（一九五五）
＊《人生龐克道場》町田康著、角川書店（二〇一六）
＊《新潮世界文學22》莫泊桑著、杉捷夫等人譯、新潮社（一九六九）
＊《鷗外選集第一卷小說一》森林太郎著、石川淳編、岩波書店（一九七八）
＊《精神分析的四個基本觀念》雅各・拉岡著、雅克-阿蘭・米勒編、小出浩之、新宮一成、鈴木國文、小川豐昭譯、岩波書店（二〇〇〇）
＊《巨人傳第三部》弗朗索瓦・拉伯雷著、渡邊一夫譯、岩波文庫（一九七四）
＊《馬爾泰手記》里爾克著、大山定一譯 新潮文庫（一九五三）
＊ Derrida, Jacques. De La Grammatologie, Les Éditions De Minuit, 1967.
＊ Murakami, Haruki. Hear the Wind Sing, Translated by Alfred Birnbaum, Kodansha English Library, 1987.
＊〈人〉《朝日新聞》晨報
＊〈男人與女人的莫名其妙話題〉《朝日新聞》一九九八年十二月二十一日晨報（神奈川）
＊〈「不要臉」的重機混蛋　美國暴走集團地獄天使〉《朝日新聞》二〇〇二年二月八日晚報
＊〈親臨「平成」現場的記者筆下紀錄　美空雲雀身上所看不到的安室奈美惠的特質〉《朝日新聞》二〇一九年一月一日晨報（特別版面）
＊〈試映室〉《朝日新聞》晨報
＊〈2007年6月30日爵士咖啡店存在的證明〉《朝日新聞》二〇〇四年十月十七日晨報
＊〈書籍讀賣堂〉《讀賣新聞》二〇一九年十二月十五日晨報
＊〈實地報導2020金絲雀〉《朝日新聞》二〇一九年十二月二十九日晨報
＊〈311當天及其後〉《朝日新聞》二〇一九年八月二十三日晨報（岩手）
＊〈湯之花〉《西日本新聞》二〇一九年二月五日晨報

*〈身穿夏威夷衫打獵去（5）〉《朝日新聞》二〇一九年四月二十二日晨報
*〈第一人稱「俺俺主義」的魄力與挫折〉《朝日新聞》二〇〇五年三月五日晚報
*〈不是轉型後就一了百了・轉型為遠距工作後所浮現的新問題・新型病毒〉《AERA》二〇二〇年三月九日號
*〈暢快無比、奔馳感滿點的樂團「摩天樓」〉《AERA》一九九三年八月三十一日號
*〈特派員札記・紐約　是怎樣三角形〉《朝日新聞》二〇〇一年七月二十五日晨報
*〈真實版《樂來越愛你》@洛杉磯〉《朝日新聞》二〇一七年八月十四日晚報
*〈有一套的專家　松井健治〉《朝日新聞》二〇一九年九月三十日晚報
*〈身穿夏威夷衫打獵去（4）〉《朝日新聞》二〇一九年三月二十日晨報

參考文獻、網站

*《必讀書籍150冊》柄谷行人、淺田彰、岡崎乾二郎、奧泉光、島田雅彦、絓秀實、渡部直己（太田出版）（二〇〇二）
*《文學入門》桑原武夫（岩波新書）（一九五〇）
*《私學式、過於私學式的》渡部直己（綿羊書房）（二〇一〇）
*京都大學文學部西洋文化學系彙整「閱讀西洋文學一百冊」（二〇一六）https://repository.kulib.kyoto-u.ac.jp/dspace/bitstream/2433/210188/1/seiyobungaku_hyakunen.pdf

子彈寫作

——25 發狩獵式寫作技巧，只要三行文字就能擊中人心

作　　者　近藤康太郎
譯　　者　李佳霖
主　　編　蔡曉玲
封面設計　兒日設計
內頁設計　顧力榮
校　　對　黃薇霓

發 行 人　王榮文
出版發行　遠流出版事業股份有限公司
地　　址　臺北市中山北路一段 11 號 13 樓
客服電話　02-2571-0297
傳　　真　02-2571-0197
郵　　撥　0189456-1
著作權顧問　蕭雄淋律師

2022 年 1 月 1 日　初版一刷
定價新台幣 380 元

（如有缺頁或破損，請寄回更換）

有著作權 · 侵害必究

Printed in Taiwan
ISBN：978-957-32-9391-0
遠流博識網 http://www.ylib.com
E-mail: ylib@ylib.com

SAN GYO DE UTSU Yoku Ikiru tame no Bunsho jyutsu by KOTARO KONDO
Copyright © KOTARO KONDO ,2020
Complex Chinese translation copyright © 2022 by Yuan-Liou Publishing Co., Ltd.
All rights reserved.
Original Japanese language edition published by CCC Media House Co., Ltd.
Complex Chinese translation rights arranged with CCC Media House Co., Ltd. through Future View Technology Ltd.

國家圖書館出版品預行編目 (CIP) 資料

子彈寫作：25 發狩獵式寫作技巧，只要三行文字就能擊中人心 / 近藤康太郎著；李佳霖譯. -- 初版. -- 臺北市：遠流出版事業股份有限公司, 2022.01
面；　公分
ISBN 978-957-32-9391-0(平裝)

1. 寫作法

811.1　　110020374